Amore Sottostante Un Mistero di Worthington, Ohio

Amore Sottostante, Volume 1

Bradley Barkhurst

Published by Bradley Barkhurst, 2024.

This is a work of fiction. Similarities to real people, places, or events are entirely coincidental.

AMORE SOTTOSTANTE UN MISTERO DI WORTHINGTON, OHIO

First edition. November 2, 2024.

Copyright © 2024 Bradley Barkhurst.

ISBN: 979-8227795526

Written by Bradley Barkhurst.

Also by Bradley Barkhurst

Amore Sottostante
Amore Sottostante Un Mistero di Worthington, Ohio
Amore Sottostante Un Mistero di Worthington, Ohio

The AI Handbook
The AI Handbook: A Practical Guide for Non-Experts

Underlying Love
Underlying Love A Worthington, Ohio Mystery

Standalone
Behringer PRO-800 Synthesizer Power: A Comprehensive User Guide and Reference Manual

Table of Contents

Capitolo 1: "Crepe Sotto la Superficie" 1
Capitolo 2: "Un Incontro Inaspettato" 15
Capitolo 3: "Viaggio verso la Città della Regina" 25
Capitolo 4: "Il Tuono Rumoreggia, le Domande Incombono" 38
Capitolo 5: "Nebbia di Confusione" 51
Capitolo 6: "Disturbo nel Bosco" 69
Capitolo 7: "Dolcetto o Spavento" 84
Capitolo 8: "Scontro alla Partita" 96
Capitolo 9: "Il Festival del Raccolto Autunnale" 108
Capitolo 10: "I Venti del Cambiamento" 120
Capitolo 11: "La Politica della Verità" 130
Capitolo 12: "La Sfera di Cristallo di Natale" 140
Capitolo 13: "Una Festa Natalizia nella Torre" 150

Capitolo 1: "Crepe Sotto la Superficie"

Il sole del mattino faceva capolino sopra i tetti del Villaggio di Worthington, Ohio, dando inizio a un nuovo giorno. Mentre i rintocchi della Chiesa Presbiteriana di Worthington suonavano alle otto, echeggiando lungo High Street, i negozianti iniziavano a girare i cartelli dei negozi da chiuso ad aperto. Esposizioni di prodotti freschi e insegne scritte a mano attiravano i clienti che passeggiavano sui marciapiedi.

Il Villaggio di Worthington stava tornando alla vita dopo anni di difficoltà. Era settembre 1941 e il peggio della Grande Depressione era passato, sebbene il suo spettro incombesse ancora. La maggior parte delle attività di Worthington lungo High Street e Granville Road era sopravvissuta agli anni magri. L'affollato Home Market, l'Ault Hardware e la Worthington Savings Bank accoglievano volti familiari ogni mattina.

Più a sud, all'angolo tra High Street e West New England Avenue, si ergeva il maestoso New England Inn, un punto di riferimento dal 1816 costruito da Rensselear W. Cowles per $250. Il villaggio si era trasformato intorno ad esso per oltre un secolo. Dopo un incendio nel 1901, l'albergo fu ristrutturato per includere una sontuosa sala da ballo e un balcone al terzo piano. Viaggiatori ben vestiti facevano cenno ai facchini di raccogliere i loro bagagli da berline appena lucidate.

Al centro del villaggio c'era il gioiello di Worthington - il Village Green, un vasto terreno comunale di 3,5 acri diviso in quadranti che

2

correva tra High Street e Granville Road. In origine era stato messo da parte dai padri fondatori del villaggio nel 1803 per il pascolo del bestiame. Ora era abbellito con alti alberi che andavano dall'Ippocastano dell'Ohio al Liquidambar americano. Tra gli alberi passavano sentieri che si incrociavano in tutto il verde. Era il fiore all'occhiello di Worthington e sede dell'annuale festa estiva del gelato e della cerimonia di accensione dell'albero di Natale.

Quella mattina, Elizabeth Russo stava scendendo il vialetto di casa per andare a scuola. L'allegria degli abitanti del villaggio brillava sempre.

I panni stesi svolazzavano tra le case su e giù per le strade vicine, il bucato del giorno si asciugava nella leggera brezza. Betty Whimsfeld, la vicina di casa di Elizabeth, canticchiava tra sé mentre appendeva due delle grandi camicie da cerimonia del defunto marito, usandole come tende improvvisate nella sua stanza anteriore. Eccentrica ma di buon carattere, Betty e i suoi progetti non convenzionali erano una vista comune nel quartiere.

"Buongiorno, Elizabeth!" esclamò Betty. "Vai a scuola ora?"

"Sì Betty, vado a vedere i ragazzi e le ragazze!" disse Elizabeth.

"Beh, buona giornata!" disse Betty.

"Grazie, Betty!" rispose Elizabeth eccitata.

Mentre camminava su High Street, l'agente di polizia Jameson fischiettava una melodia mentre faceva il suo solito giro.

"Buongiorno, signorina Russo!" disse l'agente Jameson vedendo Elizabeth avvicinarsi.

"Buongiorno, agente Jameson, bella giornata stamattina!" rispose allegramente Elizabeth.

Lui toccò il cappello agli abitanti, offrì un nichelino a un lustrascarpe e ricordò ad alcuni liceali di non pattinare sui marciapiedi. La sua presenza gioviale aggiungeva fascino all'accoglienza del villaggio.

Nelle vicinanze, il signor McFoley parcheggiò il suo furgone postale nel solito posto. Il postino consegnava lettere agli abitanti di

Worthington da oltre vent'anni con grande orgoglio. La sua borsa di pelle era stracolma di cartoline, lettere e riviste. Mentre iniziava il suo giro a piedi lungo High Street, il signor McFoley annotava mentalmente quale posta ciascun cliente avrebbe voluto leggere per prima.

"Buongiorno Elizabeth, vai a scuola, vero?" salutò il signor McFoley.

"Infatti, signor McFoley." disse Elizabeth.

"Beh, di' a quei ragazzi che il postino McFoley spera che studino sodo."

"Lo farò, signor McFoley." disse Elizabeth, annuendo con la testa.

Ai margini del villaggio si trovava la piccola fermata del treno, la Stazione di Worthington, che era ancora piena di attività. Alcuni vagoni merci aspettavano di essere caricati con grano e bestiame dalle fattorie locali diretti a Cincinnati. Le persone avevano iniziato a mettersi in fila pronte a pendolare per andare al lavoro sul treno passeggeri per il centro di Columbus. I fischi lontani dei treni in avvicinamento annunciavano brevi fermate a Worthington prima di continuare verso sud fino al fiume Ohio.

Dall'altra parte dei binari c'era la Potter Lumber and Supply Company, un fornitore di legname duro per l'area centrale dell'Ohio. Accanto alla stazione, si ergeva un piccolo gruppo di case fatiscenti, non più mantenute. È qui che Hobo Jeff giaceva svenuto in un torpore ubriaco. L'uomo trasandato sopravviveva con lavoretti saltuari e la carità di anime gentili. Per lo più, il villaggio lo accettava come parte della vita a Worthington.

Elizabeth Gracie Russo amava la sua comunità. Era cresciuta esplorando ogni strada e sentiero boscoso dal Tumulo Indiano di Jeffers al fiume Olentangy. Come figlia unica, suo padre, un immigrato siciliano, la portava con sé a chiacchierare con i negozianti. Ora a 23 anni, Elizabeth era una delle fortunate. Aveva studiato duramente per diventare un'insegnante elementare. Suo padre, che aveva lottato per anni come immigrato, trovava sempre un modo per guadagnare denaro permettendo a sua figlia di vivere una vita confortevole. Quando era al liceo, Elizabeth indossava già abiti eleganti.

Elizabeth era benedetta da una bellezza siciliana naturale. Aveva una figura elegante che faceva girare la testa agli uomini quando passava. I suoi capelli scuri e ondulati le cascavano appena oltre le spalle, e aveva un viso a forma di cuore con lineamenti delicati. Quando sorrideva, illuminava l'intera stanza con un calore che metteva a proprio agio anche i bambini più timidi. Spesso indossava solo un tocco di rouge sugli zigomi definiti e un po' di rossetto rosso che accentuava il suo look elegante.

Worthington era ancora un luogo dove i vicini si prendevano cura l'uno dell'altro. La maggior parte degli abitanti del villaggio erano persone umili e oneste, ma la società si stava un po' sfilacciando ai bordi. Elizabeth notava più vagabondi vicino alla stazione, con la disperazione incisa sui loro volti mentre aspettavano il prossimo treno diretto... ovunque. Alcune famiglie avevano perso le loro case e si erano trasferite, per non tornare mai più. Anche quelli che erano rimasti erano cambiati in modi sottili. Le risate non venivano più così facilmente. Le mascelle restavano serrate. La Grande Depressione aveva sussurrato una verità - nulla era promesso, non importa quanto duramente si lavorasse.

Tuttavia, la familiarità e la routine offrivano conforto. Mentre Elizabeth camminava più su per High Street, il profumo del pane appena sfornato di Miss Lilah al Home Market le fece sorridere. Respirando l'aria fresca del mattino si sentiva viva.

Vide il Vecchio Kendrick che si trascinava lungo High Street verso la sua solita panchina. Worthington era casa, anche se casa non era più il santuario che era una volta. Le sue strade erano piene di ricordi e significati, anche se un po' sbiaditi dalle difficoltà.

"Buongiorno, Elizabeth. Sembri giovane e vivace questa mattina." disse il signor Kendrick seduto dalla sua panchina.

"Anche lei signor Kendrick." ammiccò Elizabeth mentre passava. All'alba degli anni '40, si parlava di una guerra a mezzo mondo di distanza. Ma per ora, Worthington si aggrappava alla normalità - posta consegnata, strade sorvegliate, piccoli momenti condivisi come era stato per decenni. Le vetrine dei negozi accoglievano i clienti come meglio potevano, sperando che questo decennio potesse portare rinnovamento.

Elizabeth era orgogliosa di far parte di una comunità così unita. Conosceva quasi tutti nel villaggio dopo essere cresciuta proprio lungo la strada dalla Worthington School al 50 East Granville Road, dove insegnava. C'erano volti familiari ovunque—il direttore della Worthington Savings Bank che le dava ancora i biscotti, la Brown Fruit Farm che consegnava mele e zucche in autunno. C'era conforto nell'avere radici piantate saldamente.

Un punto fisso del villaggio era il modesto negozio generale Red and White su High Street appena a sud del Village Green. Una volta era gestito dal padre di Elizabeth. I pavimenti di legno consumati e gli scaffali scricchiolanti carichi di sacchi di farina e barili di cracker erano una seconda casa per lei da bambina. I vicini si fermavano per comprare tabacco o prodotti in scatola mentre condividevano gli ultimi pettegolezzi del villaggio. Durante i periodi di raccolto intenso, gli agricoltori locali si radunavano davanti per parlare del tempo e dei raccolti prima di caricare sacchi di mangime e forniture. Era sempre accogliente con un cartello "Have A Coke" fuori. Elizabeth salutò i dipendenti attraverso la finestra mentre passava.

Dopo la morte di suo padre, due anni prima, mantenere aperto il negozio era diventata la missione silenziosa di Elizabeth. C'era stata più concorrenza in arrivo, come il negozio di alimentari Kroger, rendendo più difficile competere. Aveva dovuto prendere un prestito dalla Worthington Savings Bank per mantenere le scorte. Ogni superficie ben consumata e ogni insegna invecchiata sembravano una reliquia vivente di suo padre. Fortunatamente, gestire il negozio non era così

6

difficile con l'aiuto dell'ex assistente di suo padre, ora direttore del negozio, John. Lui aveva aiutato ad assumere alcuni dipendenti che erano responsabili delle operazioni quotidiane del negozio. Elizabeth non sapeva come avrebbe potuto tenere aperto il posto senza di lui.

Il negozio era diventato intriso di nostalgia. Sedersi al bancone nei tranquilli pomeriggi del fine settimana le faceva sentire la presenza confortante di suo padre per un fugace momento.

Elizabeth aveva caldi ricordi di suo padre, anche se la sua morte la perseguitava ancora. Morì mentre guidava verso Columbus per prendere forniture per il negozio. Sterzò l'auto per evitare un ubriaco che era improvvisamente entrato in strada. La sua auto si schiantò contro un camion che andava nella direzione opposta. I testimoni dissero che successe così velocemente che probabilmente non si rese conto di cosa stava accadendo. Con lui scomparso, Elizabeth faceva del suo meglio per concentrarsi sul futuro.

In verità, però, si ritrovava ad aggrapparsi di più al passato. Rifletteva sui ricordi non solo di suo padre ma anche del suo amore del liceo, Samuel Lewis, che aveva dovuto lasciare il villaggio durante la Grande Depressione. Con lui assente, gli anni sembravano così incerti, come una candela il cui bagliore poteva essere spento dal minimo vento.

Meglio concentrarsi sui compiti a portata di mano - insegnare alla prossima generazione, tenere in ordine il negozio e svolgere il suo ruolo nella comunità. Eseguiva i gesti familiari, stabilizzandosi contro le onde di irrequietezza e desiderio che sorgevano in momenti inaspettati. C'era conforto nella ripetizione e nello scopo. Innegabilmente, però, sentiva una corrente sotterranea appena sotto la superficie di disagio in questi giorni.

Mentre entrava, la luce del mattino filtrava nella scuola mentre Elizabeth si preparava per un'altra giornata. Sistemò ordinatamente i piccoli banchi di legno, lucidando leggermente i graffi e le tacche incisi dagli studenti irrequieti. Aprendo le finestre, accolse il canto calmante degli uccelli autunnali—una breve pausa prima che le giovani voci riempissero la stanza.

"Un altro giorno nella vita eccitante di un'insegnante," mormorò Elizabeth tra sé mentre raddrizzava le file di banchi.

Elizabeth trovava conforto nei rituali della sua classe di terza elementare. La recitazione delle tabelline, lo sfogliare dei quaderni, il graffio ritmico delle matite. In questa stanza, si sentiva in controllo. I bambini si rivolgevano a lei per una guida, pendendo dalle sue labbra. La maggior parte dei giorni poteva perdersi nel ruolo di loro insegnante, mentore o campione. Ma inevitabilmente la sua maschera composta scivolava.

Poteva guardare fuori e cogliere un fischio di treno distante, ricordandole il mondo più vasto che passava. Altre volte, uno studente precoce avrebbe involontariamente risvegliato un ricordo sepolto da tempo. Una volta la piccola Amy Collins recitò una poesia che Elizabeth ricordava Samuel leggere ad alta voce raggomitolati su una coperta da picnic, scambiandosi baci tra i versi.

La famiglia di Samuel aveva perso tutto quando colpì la Grande Depressione. Senza nemmeno un addio di persona, si trasferirono dal villaggio durante la notte in cerca di lavoro. E così, il primo amore di Elizabeth se n'era andato, lasciando il suo cuore non solo ammaccato, ma fondamentalmente incrinato.

Ora, quando Elizabeth passava davanti alla casa abbandonata dei Lewis durante le sue passeggiate, accelerava il passo e distoglieva lo sguardo. "Tieni gli occhi fissi davanti, Lizzy," sussurrava. Di notte, però, nel silenzio della sua stanza, mentre scioglieva i capelli e affondava nel letto, Samuel si insinuava ancora nei suoi pensieri. Quel familiare sorriso di denti dritti, occhi marroni sognanti e capelli ondulati castani. Aveva una cicatrice sulla fronte per essere caduto da un albero e lei ricordava il timbro della sua voce mentre cantava canzoni folk. Era snello e alto circa 1 metro e 78, né troppo alto né troppo basso, perfetto per lei.

Era il tipo di ragazzo che se ne stava seduto in fondo alla classe con la testa immersa in un libro. Non era mai un esibizionista e amava semplicemente scrivere poesie e andare in bicicletta. Elizabeth poteva ancora sentire le sue braccia calde e confortanti che la abbracciavano di notte prima che entrasse in casa. I dettagli erano perfettamente conservati nell'ambra della memoria.

Il debole rintocco della campana della scuola risvegliò Elizabeth dalla sua fantasticheria. La Worthington School era ancora relativamente nuova dopo essere stata costruita nel 1938. Conteneva sei classi elementari e quattro aule per le medie. Sopra l'ingresso centrale pendeva la campana originale che uno dei fondatori del villaggio, James Kilbourne, aveva originariamente acquistato per l'edificio della Worthington Academy del 1808. Piccoli passi echeggiavano lungo il corridoio mentre gli studenti cominciavano ad entrare. Elizabeth si sistemò i capelli e raddrizzò il vestito, riprendendo il ruolo che era qui per interpretare.

"Buongiorno classe!" cinguettò Elizabeth allegramente. "Prendiamo tutti posto e prepariamoci per una meravigliosa giornata di apprendimento."

Man mano che la giornata procedeva, Elizabeth cadde nel ritmo confortante - leggere ad alta voce ai bambini, seguito da circoli di lettura, esercitazioni sulle tabelline aritmetiche e dimostrazioni di tecniche di calligrafia corretta. A volte temeva che i suoi giorni si fondessero in un unico lungo tratto interminabile, come una gomma tirata all'infinito per vedere fino a che punto si sarebbe allungata prima di spezzarsi finalmente. Ma andava avanti, riempiendo ogni momento di attività mirata.

Quando suonò l'ultima campanella, Elizabeth si attardò per riordinare mentre piccoli corpi si precipitavano fuori con risate spensierate. La stanza ora vuota, batteva energicamente i cancellini, liberando nuvole di polvere nella luce del pomeriggio.

Finalmente, chiudendo a chiave la porta alle 3:30, Elizabeth si avviò attraverso il Village Green, il percorso che la portava a sud lungo High Street, passando davanti a negozi e uffici brulicanti di attività. Gli uomini d'affari si toccavano il cappello salutando le signore che stringevano pacchetti e borsette. Un anziano spazzino le augurò buon pomeriggio. Elizabeth ricambiò con sorrisi tesi. Invidiava il loro senso di movimento in avanti. Mentre gli altri sembravano spinti da uno scopo, lei semplicemente galleggiava in acque placide, in attesa di essere diretta a valle.

Tornata in New England Avenue e aprendo la pesante porta d'ingresso, Elizabeth entrò nella casa silenziosa che occupava da sola ormai da quasi un anno. Appese metodicamente il cappotto, posò la borsetta sul piccolo tavolo dell'ingresso e lisciò le pieghe del vestito. Dando un'occhiata allo specchio, si sistemò alcuni capelli ribelli, riportandoli nello chignon ordinato. Per un fugace momento, lasciò che la sua espressione si rilassasse in una vulnerabilità nuda. Ma altrettanto rapidamente la maschera tornò - tutto ordinato, sistemato, corretto.

Elizabeth si muoveva attraverso le stanze silenziose. Visioni di sua madre irlandese che si affannava con cuscini perfettamente sistemati e si preoccupava dei mobili impolverati danzavano nella sua mente. Mantenere la casa era diventato il modo di Elizabeth di tenere le cose al loro posto, come se potesse fermare da sola l'invecchiamento delle cose attraverso la pura forza di volontà e un po' di spolveratura. Il ciclo ripetitivo di pulizie, insegnamento e controllo del negozio le faceva sentire di vivere una vita come il fonografo Motorola di suo padre che faceva girare un disco in ripetizione.

"Vorrei che ci fosse un po' di eccitazione qui intorno," sussurrò Elizabeth tra sé e sé.

Entrò in cucina e iniziò a preparare una modesta cena per una persona. Il pollo arrosto Bird's Eye si era scongelato tutto il giorno in frigorifero. Aveva imparato a pianificare i pasti con attenzione per evitare sprechi. Elizabeth tagliò carote e prezzemolo con precisione meticolosa, non lasciando mai alcun cibo da sprecare. Li aggiunse alla padella. Infilando il pollo nel forno, impostò il timer e riordinò mentre cuoceva.

Sedendosi al tavolo, il vuoto della casa si chiuse intorno a lei. Elizabeth sentiva la mancanza del canticchiare stonato di suo padre mentre mangiava. La sua presenza amichevole aveva un tempo dato vita alle stanze. Ora le stanze erano piene solo di echi di una casa che un tempo era stata.

"Oh, papà, vorrei che fossi ancora qui," sospirò Elizabeth nel silenzio.

Dopo aver mangiato, Elizabeth lavò i piatti e li mise sullo scolapiatti, esattamente paralleli. Raddrizzando le tovagliette, allineando i barattoli delle spezie, ispezionando i vetri delle finestre in cerca di macchie - riordinava con diligenza, come se fosse consapevole che le cose si sarebbero sgretolate se avesse osato allentare la presa.

Quando finì, Elizabeth si accomodò nella logora poltrona di suo padre. Poteva ancora sentire debolmente l'odore del tabacco che un tempo si attaccava al suo cardigan. Questa sedia, con i suoi braccioli consunti e i cuscini afflosciati, la faceva sentire di nuovo vicina a lui.

Suo padre aveva gestito fedelmente il negozio del paese per oltre 20 anni. Era un'attività modesta ma rispettabile che sosteneva la loro piccola famiglia. Dopo essere arrivato dalla Sicilia e aver trascorso del tempo a New York City, si trasferì a Worthington dove fece carriera nel negozio Red and White. Alla fine, comprò l'attività. Elizabeth ricordava con affetto di scarabocchiare le sue parole di ortografia sul retro di ricevute scartate mentre sedeva dietro il bancone dopo la scuola. Suo padre sorrideva e le passava di nascosto pezzi di caramella alla menta quando sua madre non guardava. La chiamava la sua piccola sicula, o ape nera siciliana, quando indossava il suo vestito giallo e nero.

Ma con il protrarsi della Depressione, gli affari al negozio rallentarono fino a diventare un rivolo. Suo padre concesse linee di credito ai clienti fedeli duramente colpiti dall'economia. Alcuni saldarono i loro debiti quando potevano, e altri che non potevano pagare lasciarono il villaggio per non tornare mai più. Ogni fattura non pagata pesava su di lui sempre di più. A quel tempo, il negozio produceva a malapena un profitto, ma non poteva sopportare di chiuderne le porte per sempre.

Il giorno dell'incidente d'auto, improvvisamente se ne andò. Non riuscì mai a godersi veramente i frutti del suo lavoro e lei non riuscì mai a dirgli addio. Dopo la sua morte, Elizabeth era determinata a mantenere aperto il negozio in suo onore. Sua madre protestò dicendo che non aveva senso per una giovane donna con una carriera di insegnante assumersi un tale fardello. Ma era l'ultima vera connessione che Elizabeth aveva con suo padre.

Nella sua camera da letto, Elizabeth guardò la foto di fidanzamento che occupava un posto prominente sul suo comò. Era stata scattata durante una cena imbarazzante organizzata da sua madre. Elizabeth e il suo fidanzato George sedevano rigidamente fianco a fianco, toccandosi appena - solo due conoscenti che si trovavano ad essere fidanzati.

George, il contabile che controllava i libri contabili del negozio Red and White, era stato assunto controvoglia da suo padre dopo un controllo fiscale dell'IRS. Elizabeth aveva suggerito George a suo padre poiché lo conosceva dal liceo. Dopo la sua morte, George si occupò di gestire i conti di suo padre. George era meticoloso ed era anche un po' noioso. Il suo unico lato eccitante era la sua nuova motocicletta di marca Indian. Sua madre le aveva suggerito di uscire con lui. Dopo il liceo e con Samuel partito, si era concentrata sulla sua istruzione piuttosto che sugli appuntamenti. Ma Elizabeth sapeva che non stava ringiovanendo, quindi quando lui le chiese di uscire, accettò con riluttanza di andare all'appuntamento. L'appuntamento si trasformò in molteplici uscite in cui lui controllava i libri contabili del negozio e poi la portava fuori. Divenne semplicemente una routine.

Poi finalmente accadde, il giorno in cui George fece la proposta a Elizabeth. Avvenne durante una conversazione forzata durante una cena con arrosto troppo cotto a casa sua. L'anello fu presentato come un accordo commerciale. Mai una parola romantica uscì dalle sue labbra. Ma veniva da una famiglia rispettabile e prometteva stabilità - non una cosa da poco per una donna sola in tempi così incerti. Ma lo conosceva fin dalle elementari e poteva offrirle una vita confortevole. Elizabeth accettò la sua proposta, pensando che dovesse essere pratica. Sua madre raggiava di gioia.

Indossando la camicia da notte, Elizabeth scivolò tra le lenzuola fresche, ma il sonno la evitò per ore. Fuori, il vento si alzò in un ululato dissonante. Si girò e rigirò, entrando e uscendo dal sonno mentre una pesante pioggia autunnale iniziava a sferzare le finestre e il tetto.

Quella notte sognò Samuel, i suoi occhi marroni che danzavano. Erano di nuovo giovani, di nuovo al Frutteto di Mele Wilson, appena a nord del villaggio - il loro rifugio estivo segreto, un piccolo pezzo di paradiso lontano da occhi indiscreti. Gli anni svanirono mentre nuotavano nell'acqua fresca del fiume Olentangy. Le mani di Samuel tracciavano le sue braccia, accendendo un bisogno ardente. Il tuono rimbombò fuori, svegliando Elizabeth senza fiato e desiderosa.

Nell'oscurità della sua stanza, poteva quasi sentire le sue labbra sul collo, le sue dita che percorrevano la sua coscia. Ma allungando la mano attraverso le lenzuola vuote trovò solo lino freddo e aggrovigliato. Elizabeth si raggomitolò strettamente, stringendo il cuscino mentre il desiderio lasciava il posto al dolore.

"Oh, Samuel..." sussurrò, una singola lacrima che le scorreva sulla guancia. "Mi manchi ancora."

La mattina successiva, Elizabeth arrivò presto a scuola. La scrivania era ingombra di carte - sia preparazioni scolastiche che ordini del negozio da evadere, inventario da conteggiare e una pila di fatture.

Elizabeth sospirò e mise da parte le carte del negozio e si concentrò sui suoi studenti. Trovò conforto nelle routine della classe - leggere ad alta voce mentre i bambini seguivano sui loro libri di testo, esercitarsi sulle tabelline aritmetiche in coro e cercare di copiare la sua perfetta scrittura corsiva sui loro fogli.

Dopo che i bambini si precipitarono fuori per la ricreazione, Elizabeth guardò distrattamente fuori dalla finestra. Invidiava la loro energia giovanile. Il futuro si stendeva davanti a loro, non scritto. Osservando una coppia di uccelli che danzavano nel cielo, si chiese come ci si sentirebbe ad essere così liberi e senza preoccupazioni.

Dopo la scuola, Elizabeth si fermò al Red and White sulla strada di casa. Entrando, poteva quasi immaginare suo padre dietro il bancone, sorridente mentre riempiva le scatole di tabacco per i clienti abituali. Lì salutò John, che aveva ancora energia dopo una giornata di gestione.

"Buon pomeriggio, John."

"Buon pomeriggio, Elizabeth, com'è andata la scuola oggi?"

"Bene, i bambini stanno lavorando sulle tabelline. Abbiamo ricevuto quei nuovi cioccolatini in magazzino?"

"Sì, certo. Si chiamano M and M's," disse John.

Le porse un cucchiaio pieno di caramelle.

Elizabeth se le mise in bocca e iniziò a masticare.

"Oh, meglio non portarle in classe. I bambini non smetteranno mai di chiederne!" disse Elizabeth, sorridendo.

Poi si rimboccò le maniche e si mise al lavoro. Iniziò a organizzare gli scaffali, spazzare i pavimenti di legno consumati e spolverare i davanzali delle finestre. Era calmante tenersi occupata, come se attraverso il puro sforzo potesse tenere a bada il decadimento strisciante che vedeva in agguato nelle crepe del pavimento di legno.

Dopo aver chiuso, Elizabeth salutò John con un cenno della mano augurandogli la buonanotte e camminò parallela a High Street. Mentre iniziava, Elizabeth sentì un improvviso rumore forte.

Poi sentì un urlo, "Togliti di mezzo!"

Si gettò di lato mentre il suono di un'antica Ford Model T passava sul marciapiede e colpiva il palo della luce.

Con il fumo che si alzava, l'autista si pulì la giacca e disse, "Non so cosa sia appena successo, ho perso il controllo dei freni!"

Apparve un lampo di luce bianca con il suono di un flash. Era Danny, un senior del liceo di Worthington e aspirante fotogiornalista che scattava una foto.

"Poteva essere uccisa, signorina Russo!" esclamò Danny.

"Grazie a Dio, sto bene Danny! Sono solo un po' sotto shock. Fortunatamente, sembra che l'autista non sia ferito," disse Elizabeth mentre si passava le mani sulla fronte.

"Elizabeth, stai bene?" gridò John correndo verso di lei.

"Sì, John, starò bene," il suo cuore batteva velocemente mentre si spolverava il vestito.

"Ok, allora vai a casa e fai una buona notte di sonno," rispose John.

Mentre Elizabeth camminava verso casa, ripercorreva nella sua mente la scena dell'incidente. Le urla, il suono dell'auto che si schiantava e il sibilo di eccitazione mentre saltava via. Sapeva di essere stata fortunata e di essere sopravvissuta a qualcosa che avrebbe potuto essere orribile. Forse lo spirito di suo padre vegliava su di lei. Per quel fugace momento, le crepe sotto la superficie furono spianate dalla speranza.

Capitolo 2: "Un Incontro Inaspettato"

L'urlo squarciò l'aria del cortile della scuola, facendo sobbalzare Elizabeth dai suoi pensieri distratti. La piccola Amy Collins giaceva singhiozzando a terra, con il ginocchio insanguinato per essere caduta dall'altalena. Elizabeth si precipitò e prese la bambina tra le braccia.

"Shh shh, va tutto bene cara," la calmò, portando Amy dentro per pulire e bendare il graffio. La bambina sussultò mentre Elizabeth strofinava delicatamente la ferita con l'antisettico.

"Fa male, signorina Russo!" disse Amy.

"Lo so che brucia, ma dobbiamo tenerlo pulito. Sei molto coraggiosa," disse Elizabeth mentre finiva di avvolgere la benda. Diede ad Amy un abbraccio rassicurante, ma dentro, Elizabeth si sentiva scossa. Si incolpava per non aver prestato più attenzione durante la ricreazione. La sua mente era stata distratta. Continuava a vagare verso Samuel, evocando ricordi del suo primo amore ormai perduto. Andò dentro per informare il preside Gentry dell'incidente di Amy.

"Preside Gentry, devo informarla che Amy Collins è caduta dall'altalena oggi durante la ricreazione. Ho pulito e fasciato il taglio. Ora sta bene." disse Elizabeth.

"Oh, cara. Beh, è meglio che contatti la signora Collins. Grazie, Elizabeth, per avermelo fatto sapere. Apprezzo il tuo duro lavoro." rispose lui.

Elizabeth annuì e tornò nella sua aula.

Finalmente suonò l'ultima campanella della scuola. Elizabeth riordinò l'aula dalle lezioni del giorno. Si voltò per vedere la signora Collins che entrava come una furia, con la faccia come un temporale.

"Signora Collins! Che sorpresa. Come si sente Amy?" chiese gentilmente Elizabeth.

"È in un dolore terribile, grazie a lei!" disse bruscamente la signora Collins. "Che tipo di insegnante permette che un bambino si ferisca così gravemente sotto la sua sorveglianza?"

Elizabeth sentì le guance arrossire. "Mi dispiace per l'incidente, è successo tutto così in fretta—-"

"Il dispiacere non aiuta la mia povera Amy!" interruppe la signora Collins. "Avrebbe potuto rompersi una gamba là fuori mentre lei sognava ad occhi aperti. Ho in mente di parlare con il consiglio scolastico della sua negligenza."

"Ora signora Collins," rispose fermamente Elizabeth, "a volte succedono incidenti nel parco giochi. Fa parte dell'infanzia. Amy è una bambina resiliente, e sono sicura che guarirà presto."

"Hmph! Beh, certamente non guarirà sotto la sua supervisione negligente," sbuffò la signora Collins. "Mi aspetto che il consiglio vedrà una ragione per trovare un'insegnante più adatta."

Si voltò e uscì marciando, lasciando Elizabeth stordita e scossa nell'aula vuota.

La testa di Elizabeth girava.

"Ieri l'incidente d'auto e ora questo incidente?" disse Elizabeth tra sé.

"Non è stata colpa tua Elizabeth," venne una voce dal corridoio. "Sarebbe potuto succedere a chiunque di noi."

Era Debbie Greener, l'insegnante di quarta classe dall'altra parte del corridoio.

"Elizabeth, gli incidenti succedono, e Amy sta bene. Non lasciare che la signora Collins abbia la meglio su di te! Abbiamo tutti avuto uno scontro con lei in un momento o nell'altro."

"Grazie, Debbie, sai che sei un'ispirazione non solo per la tua classe ma anche per me."

Elizabeth si sentì un po' meglio. La signorina Greener uscì dalla stanza ed Elizabeth fece la sua borsa e si diresse verso casa.

Girò a ovest su Granville Road, attraversando High Street. Non aveva voglia di vedere George al Red and White Store, quindi continuò a camminare su Oxford Street. Camminò per un isolato oltre le case ordinate. Poi, girò a destra su New England Avenue verso casa sua. Davanti, una figura familiare stava rigidamente accanto alla sua motocicletta nel suo vialetto. George. Represse un sospiro.

"Ciao George," salutò educatamente Elizabeth.

"Elizabeth, dobbiamo discutere dei piani del matrimonio. Pensavo che giugno darebbe ampio tempo per i preparativi."

Lei esitò. "George, è stata una giornata piuttosto lunga. Amy Collins è caduta durante la ricreazione e mi ha spaventato."

La fronte di George si corrugò. "I bambini cadono, è da aspettarselo. Ma non possiamo ritardare la pianificazione del matrimonio. La chiesa sarà prenotata," insistette. La sua insistenza era irritante dopo lo stress della giornata.

Rimasero in un silenzio teso per un momento. Poi George si raddrizzò, aggiustandosi la cravatta. "Va bene, ne discuteremo più tardi. Dovrei tornare a casa. Arrivederci, Elizabeth."

Mentre George usciva dal vialetto, Elizabeth sentì un suono. Era Betty Whimsfeld, la sua eccentrica vicina, che riordinava il portico anteriore.

"Buon pomeriggio, Elizabeth! Che giornata fantastica!"

Elizabeth si voltò per vedere Betty che salutava dall'altro lato del portico.

Betty sorrise mentre si avvicinava tenendo una scopa e indossando una collana di perle finte. Era all'incirca dell'età di sua madre, sui sessant'anni. Anche se viveva accanto alla famiglia di Elizabeth, Elizabeth non l'aveva mai conosciuta veramente.

"Betty, sei troppo gentile. Lascia che ti aiuti con quello," offrì Elizabeth, allungando la mano verso la scopa.

Betty sorrise calorosamente con i suoi capelli ricci sale e pepe che ondeggiavano nella leggera brezza.

"Oh, sciocchezze cara, hai avuto una lunga giornata! Le foglie stanno già cadendo! Lascia che ti aiuti a spazzare il tuo portico. Mi fa uscire all'aria aperta godendomi l'aria fresca autunnale."

"Beh, apprezzo la tua offerta Betty, ma posso farcela," rispose Elizabeth.

"Certo! Ora, come procedono i piani del matrimonio?" chiese Betty con gli occhi che sporgevano dalle spesse lenti dei suoi occhiali. "George sembra molto ansioso di fare il grande passo."

Elizabeth si spostò, occupandosi di sistemare la sua borsa. "Oh, stiamo ancora finalizzando i dettagli. Sai com'è, così tante decisioni da prendere."

Betty annuì con aria di comprensione.

"Quel George sembra un giovane molto corretto e rispettabile," disse Betty, lanciando uno sguardo d'intesa a Elizabeth. "Ma devo dire, non sembra avere molta scintilla o spontaneità, vero?

Non come quel affascinante Samuel con cui passavi il tempo quando eri più giovane. Oh, voi due eravate adorabili insieme! Lui riusciva sempre a farti ridere e portare tanta gioia sul tuo viso. E quelle poesie che scriveva erano semplicemente ipnotizzanti!

Questo George, beh, potrebbe essere un bravo ragazzo, ma non ha proprio quel qualcosa di speciale. Non è come quella magia che tu e Samuel condividevate. Ora sono solo una vecchia sentimentale, ma penso che quando si tratta di matrimonio dovresti sposare il tuo migliore amico, qualcuno che ti fa brillare dentro e fuori!"

"Betty, sono passati cinque anni da quando Samuel mi ha lasciato," disse Elizabeth con la testa bassa.

Betty sorrise calorosamente e le diede una pacca sulla mano. "Sono solo i vaneggiamenti di una vecchia romantica, mia cara."

"Infatti, infatti. A proposito, sto ancora cercando la mia ricetta della gelatina. Devo fartela. È deliziosa!"

"Lo apprezzo, Betty. Buona serata!" Elizabeth salutò mentre la sua gentile vicina si dirigeva a casa.

Apprezzava gli sforzi della sua vicina per migliorare il suo umore. Tuttavia, il riferimento al matrimonio aveva solo aggiunto all'inquietudine che ribolliva dentro di lei.

Di nuovo sola, Elizabeth sentì acutamente il vuoto della casa. Le mancava sua madre, Anna. Era a Cincinnati da mesi ormai a prendersi cura della zia Gracie di Elizabeth, che si era ammalata.

Dopo essersi lavata dalla cena, Elizabeth si sentì irrequieta. Stava diventando più fresco fuori ma sentiva che aveva bisogno di uscire di casa. Elizabeth si infilò una giacca leggera sopra il vestito per una passeggiata serale. Proprio allora squillò il telefono. Elizabeth prese il ricevitore.

"Pronto, è la signorina Russo?"

"Sì."

"Sono un'operatrice della American Telephone and Telegraph Company. Ha una chiamata a lunga distanza da Cincinnati da Anna Russo. La accetta?" Chiese l'operatrice.

"Sì," rispose Elizabeth.

Ci fu una leggera pausa con una voce flebile in sottofondo.

"Pronto, Elizabeth?" disse una voce femminile sulla linea telefonica.

"Madre?" rispose Elizabeth.

"Sì, cara, ho brutte notizie per te. Tua zia Gracie è peggiorata e deve andare in ospedale. Non so se ce la farà fino alla prossima settimana. Mi chiedevo se potessi prendere il Greyhound delle 9 del mattino per Price Hill, appena fuori Cincinnati, per farci visita?"

"Certo, mamma, posso venire domani mattina presto."

"Meraviglioso tesoro! Ti vedremo intorno alle 11:30 di sabato mattina alla stazione degli autobus. Buona notte."

"Buonanotte, mamma, i miei pensieri sono con zia Gracie e zio Herb. Ciao ciao." Elizabeth rispose mentre riagganciava il telefono.

Elizabeth era un po' sotto shock. Prima, lo stress per la caduta di Amy, e ora zia Gracie. Recentemente aveva ricevuto una lettera da sua madre che diceva che zia Gracie aveva avuto un miglioramento. Beh, quel miglioramento deve aver avuto una svolta imprevista sulla strada.

Il sole stava appena iniziando a tramontare ed Elizabeth sapeva che non poteva stare in casa da sola. Doveva uscire. Aveva bisogno di un cambiamento e voleva sentirsi libera. Si infilò il suo vestito blu e camminò su Oxford Street verso il Village Green. Attraversò High Street e vagò oltre la Worthington Savings Bank. Accanto c'era il piccolo edificio bianco dove lo zio di Samuel gestiva un'agenzia di assicurazioni. La torre dell'acqua si ergeva dietro di esso e c'era l'Ault Hardware. Ammirò le vetrine, immaginandosi una spensierata acquirente senza preoccupazioni.

Accanto al negozio di ferramenta c'era il negozio di alimentari di suo padre, The Red and White. Aveva un'insegna Wonder Bread fuori insieme a un'insegna "Have a Coke". Elizabeth voleva una Coca-Cola ma desiderava qualcosa di un po' più forte. Il negozio era chiuso per la sera ma c'era John dentro. Se non fosse stato per John e alcuni altri ragazzi del posto, non avrebbe saputo come gestire il negozio di alimentari e mantenere il suo lavoro di insegnante, specialmente con sua madre a Cincinnati. Era una delle fortunate, che aveva un lavoro. Altri non erano così fortunati.

La porta si aprì, "Entra Elizabeth," disse John. "Sto solo finendo. Com'è andata la tua giornata?"

"Mia zia Gracie ha avuto un peggioramento. Dovrò prendere l'autobus domani per Cincinnati."

"Mi dispiace sentirlo, Elizabeth. So che è malata da un po' di tempo ormai."

"Grazie, John," Mentre Elizabeth guardava la cassa, abbassò lo sguardo sul bancone. Vide la forma di una piccola figura femminile danzante. Elizabeth strizzò gli occhi per un momento, "È il mio carillon con la ballerina?"

"Questo è tuo?" rispose John. "L'ho trovato nel magazzino quando stavo spostando alcune scatole di cereali Wheat Krispies."

"Mio padre me l'ha regalato quando ero una bambina. Non lo vedevo da anni." Elizabeth girò il fermo e lasciò suonare il carillon. La piccola ballerina girò mentre la musica suonava. Elizabeth alzò lo sguardo su John e sorrise.

"Sai, John, quando ero giovane, volevo essere una ballerina. Purtroppo, la vita si mette di mezzo. Non so come hai fatto a trovarlo, ma questo ha proprio reso la mia giornata!" Elizabeth sentì come se suo padre le avesse appena fatto l'occhiolino e un cenno.

"Ti lascio finire qui, John. So che mio padre sarebbe orgoglioso del lavoro che stai facendo al negozio."

"Spero che lo sarebbe. Buona notte, Elizabeth!"

"Buona notte," disse Elizabeth mentre chiudeva la porta e camminava lungo la strada verso la Sinclair Service Station. Guardò dall'altra parte della strada. Attirata dal suo caldo bagliore, si avvicinò al New England Inn.

Sbirciò dentro e vide alcuni volti familiari. Entrò e scelse un piccolo tavolo d'angolo per sedersi da sola. Elizabeth di solito non entrava in un posto del genere da sola, ma questo era dove molti residenti socializzavano. Quando si sedette, pensò all'insegna della Coca-Cola davanti al negozio Red and White e sapeva cosa avrebbe ordinato.

"Buonasera, signorina Russo. Sei bellissima in quel vestito blu. Quel colore è calmo e sicuro di sé. Ti senti calma e sicura di te?" sorrise Jimmy il barista.

"Perché sì, Jimmy. In effetti, mi sento calma e sicura di me," sorrise Elizabeth.

"Meraviglioso! Cosa sarà stasera?" chiese il barista mentre si avvicinava al tavolo.

"Jimmy, prenderò un whiskey e Coca-Cola."

"Whiskey e Coca-Cola? Vuoi che te li porti in due bicchieri separati?" chiese Jimmy.

"No signore, li prenderò versati insieme. Mi sento insolitamente audace stasera," rispose Elizabeth.

"Come vuole, signorina Russo. È solo che non ho mai sentito una cosa del genere," disse Jimmy.

"Dovrai provarne uno tu stesso," disse Elizabeth con un occhiolino.

"Beh, suona meglio della tequila e Coca-Cola!" sorrise Jimmy.

C'erano alcuni clienti abituali seduti al bar. Il signor Deckard, proprietario del negozio concorrente di suo padre, l'Home Market; il signor Price, un dipendente della Potter Lumber; il dottor Bentley, il medico della città che fumava un sigaro, e Jane, la parrucchiera di Elizabeth. Stavano tutti chiacchierando e ridendo, probabilmente delle solite cose. A volte sembra che nulla cambi a Worthington.

Una melodia suonava alla radio. Era una vecchia canzone, ma una di quelle che si poteva fischiettare. "Quando i fiori crescono, mentre l'estate passa, voglio tenerti la mano. Quando le foglie cadono, portando amore a tutti, voglio tenerti la mano". Jimmy le portò il drink ed Elizabeth ne prese un sorso. La riscaldò come un ipnotico bicchiere di dolce latte caldo. Iniziò a lasciarsi trasportare dalla melodia della canzone.

Mentre Elizabeth sorseggiava, i suoi occhi cominciarono a vagare per il vivace locale. Proprio in quel momento, la porta si aprì lasciando entrare una fredda corrente d'aria. Tutti si girarono a guardare. Lì, barcollando, entrò Hobo Jeff. Un vecchio veterano della Grande Guerra che era incappato in tempi difficili. Guardò Elizabeth e disse:

"Ti dispiace darmi un sorso di whiskey, tesoro, per riscaldare il cuore di questo vecchio?"

"Jeff," interruppe Jimmy, "ti ho detto che non puoi entrare qui e chiedere da bere ai nostri ospiti. Vattene!"

Hobo Jeff si girò, guardò il barista e disse: "Beh, sembra che non si sia riscaldato qui!" mentre barcollava di nuovo fuori. Jimmy scosse la testa mentre Elizabeth sorrideva. "Alcune cose non cambiano mai," mormorò.

Elizabeth alzò lo sguardo e vide Jane alzarsi dal bar e camminare verso di lei. Elizabeth non voleva essere disturbata stasera, soprattutto da lei. Jane conosceva tutti i pettegolezzi della comunità lavorando al Lady Alice Beauty Salon dall'altra parte della strada. Con la caduta che la piccola Amy Collins aveva avuto oggi, Elizabeth sapeva che la notizia si sarebbe diffusa velocemente.

"Elizabeth! Come stai, cara mia? Ho sentito la signora Collins dire che Amy è caduta a scuola oggi. Sta bene?" chiese Jane.

Elizabeth stava per rispondere quando qualcosa catturò il suo sguardo nella stanza sul retro, appena oltre il bar.

Le si mozzò il respiro. Non era un'occhiata fugace o un trucco della mente. Era Samuel!

I suoi occhi si fissarono su di lui attraverso la stanza affollata. I compagni di Samuel sembravano svanire sullo sfondo mentre lei lo fissava con un'intensità che la fece tremare prima che potesse anche solo elaborare cosa stesse accadendo.

"Elizabeth," chiese di nuovo Jane, "Amy sta bene?"

Il cuore di Elizabeth martellava nel suo petto. Aprì la bocca per parlare, ma non uscirono parole. Proprio allora, una forte risata dal bar ruppe l'incantesimo. Samuel guardò oltre la sua spalla a disagio.

L'aveva vista? Era cresciuto ed era in un elegante completo marrone. Elizabeth, che rapidamente prese un grande sorso del drink, poté solo annuire. Con un sorriso triste, Samuel chinò educatamente il capo e si girò verso il suo gruppo. Elizabeth strinse il suo drink sapendo che non si erano parlati per cinque anni. Cosa significava tutto questo?

"Elizabeth!" Jane quasi gridò, "Sei pallida. Mio Dio, stai bene?"

"Ho appena visto un fantasma del passato," rispose Elizabeth in fretta. "Devo andarmene subito!"

Elizabeth prese un ultimo grande sorso del suo drink e posò il bicchiere sul tavolo. Si precipitò verso la porta.

"Signorina Russo, ehm," la richiamò Jimmy con la mano alzata.

"Oh, scusa Jimmy," disse Elizabeth mentre gli metteva una moneta da dieci centesimi in mano e cominciava ad affrettarsi via.

"E non dimenticare che hai un appuntamento con me lunedì per i capelli," disse Jane con un sorriso curioso.

Elizabeth aprì in fretta la porta e uscì sul marciapiede. La sua mente turbinava con più domande che mai. Sembrava che una nebbia fosse calata nella sua mente. Elizabeth oscillava tra l'eccitazione, immaginando scenari in cui lei e Samuel si riconciliavano, e la disperazione sapendo che si era promessa a un altro uomo. Sapeva che era lui. Non poteva sbagliare quegli occhi marroni scintillanti. Doveva tornare a casa, però. Aveva una grande giornata davanti a sé domani.

Capitolo 3: "Viaggio verso la Città della Regina"

Elizabeth si svegliò prima dell'alba, con il cuore che batteva forte. Oggi era il giorno in cui sarebbe andata a Cincinnati per vedere la sua zia Gracie malata. Ma anche Samuel pesava sulla sua mente, essendo apparso al New England Inn la sera prima.

Scuotendosi di dosso i sogni pieni del suo ricordo, Elizabeth si lavò e si vestì efficacemente con i suoi abiti da viaggio. Si preparò una colazione veloce, ma riuscì a malapena a mangiare a causa dei nervosi fremiti nel suo stomaco.

Fuori, l'aria di fine settembre era insolitamente fresca e fredda. Elizabeth strinse il cappotto mentre camminava rapidamente con la valigia in mano verso la fermata del Greyhound. Una raffica di aria fredda soffiò alla fermata di fronte al Birnie's Drug Store, dall'altra parte della strada rispetto al negozio di suo padre. Alcune lampade brillavano calorosamente in alcune vetrine e il lattaio Bailey stava facendo il suo giro.

Elizabeth arrivò in orario mentre l'autobus si fermava con uno stridio di freni. Presentò il suo biglietto con dita fredde e tremanti e trovò il suo posto. Guardando il suo orologio, vide che erano esattamente le 9 del mattino.

Con un ruggito dei motori, l'autobus partì bruscamente e si misero in viaggio. Elizabeth guardò fuori dal finestrino mentre i luoghi familiari scorrevano lungo High Street - la chiesa con il campanile, i negozi di alimentari e di barbiere. Tutti si stavano lentamente svegliando per affrontare il nuovo giorno.

Presto furono alla periferia del centro, aumentando la velocità mentre si univano all'autostrada principale diretta a sud. Columbus apparve all'orizzonte come un gruppo di edifici in lontananza. Ma invece del suo solito frenetico trambusto, questa mattina la città sembrava avvolta nello stesso cupo silenzio della città natale di Elizabeth.

Mentre l'autobus rombava, Elizabeth cercò di concentrarsi sul libro che aveva in mano. Ma le parole si confondevano senza senso. La sua mente continuava a vagare tornando ai suoi giorni del liceo con Samuel. Vedeva il suo sorriso e sentiva la sua risata. Sentiva il tocco della sua mano contro la sua mentre camminavano insieme.

A quel tempo, i fine settimana li trovavano spesso in fuga dalla città per avventure in bicicletta. Samuel arrivava presto, bussando alla sua porta con un sorriso furtivo. Pedalavano velocemente lungo Willowbrook Road, con il vento che scompigliava i loro capelli.

Appena oltre il vecchio frutteto di mele Wilson c'era il loro posto preferito, un'ansa appartata lungo il fiume Olentangy. Samuel stendeva il pranzo al sacco che aveva preparato mentre Elizabeth ammirava il luccichio del sole sul fiume.

Dopo aver mangiato, si sdraiavano sull'erba insieme mentre lui leggeva poesie che aveva scritto. Quella che la faceva sempre ridacchiare era una chiamata "Il mio Sassafrasso Siciliano". Samuel gliela leggeva,

"Un'ode giocosa alla mia cara Elizabeth,
I cui sorrisi sollevano il mio spirito come il sole che spezza l'alba.
Occhi che brillano luminosi come stelle su Worthington,
Con una risata calda come una torta di mele appena sfornata.
Il mio cuore freme come foglie che frusciano nel vento d'autunno
Quando passi, i tuoi bei capelli scuri arricciati proprio così.
Nessun mistero o oscurità può spegnere la luce
Del tuo intrepido cuore, tu meravigliosa cara.

Passeggiamo per i vicoli di Worthington mano nella mano.
Mentre i cardinali cantano canzoni del nostro amore rinnovato.
Non c'è più rima o ragione quando siamo separati -
Il mio cuore appartiene a te, mio dolce sassafrasso siciliano."

Troppo presto, il pomeriggio svaniva, e tornavano in bicicletta prima del buio con le guance arrossate e i cuori che battevano forte.

Un sobbalzo strappò Elizabeth dal suo sogno ad occhi aperti. Si guardò intorno sorpresa vedendo che si erano fermati in una piccola città. Washington Courthouse diceva il cartello alla fermata dell'autobus dove alcuni passeggeri stavano scendendo.

L'autista dell'autobus annunciò una pausa di 30 minuti. Elizabeth scese dall'autobus e si unì alla fila che entrava nella tavola calda vicina, troppo distratta per avere fame ma sapendo che doveva mangiare. La breve pausa le diede il tempo di ricomporsi prima dell'ultima tappa verso Cincinnati.

La tavola calda della stazione degli autobus era quasi vuota a quest'ora. Elizabeth ordinò un caffè per essere educata, anche se il suo stomaco nervoso si ribellava al pensiero del cibo. Sorseggiò lentamente il liquido caldo e amaro, guardando le lancette dell'orologio scorrere.

Di nuovo sull'autobus, la caffeina scorreva nelle sue vene, rendendola irrequieta. Mentre l'autobus si rimetteva in moto e correva attraverso un paesaggio infinito e piatto di fattorie e campi, anche i pensieri di Elizabeth correvano.

Dove era stato Samuel tutti questi anni? Cosa era diventata la sua vita dopo che si erano separati? Si era sposato, o aveva avuto figli? Non sapeva nulla di cosa avesse fatto durante i lunghi anni magri della Depressione. E ora improvvisamente era tornato in città. Perché? Doveva parlargli, per capire cosa significasse. Elizabeth guardò i campi che scorrevano, preparandosi per la conversazione che l'attendeva.

Il caffè aveva scatenato una tempesta di eccitazione e ansia dentro di lei. Le emozioni di Elizabeth oscillavano selvaggiamente tra l'anticipazione di rivedere Samuel e il dubbio sulla saggezza di riaprire vecchie ferite.

La sua mente si rivolse poi a George, il suo devoto fidanzato che aspettava il suo ritorno. Lui offriva sicurezza, stabilità e tutto ciò di cui aveva bisogno per sistemarsi adeguatamente. Ma quando lo immaginava, Elizabeth non sentiva alcuna accelerazione del suo polso, nessuna gioia ribollente. Non come con Samuel, ma quello era sei anni fa.

"Rimettiti in sesto Lizzy!" Elizabeth disse a se stessa.

Fuori dai finestrini dell'autobus, il paesaggio sfrecciava inosservato. Elizabeth si agitò sul suo sedile, asciugando la rugiada sul finestrino, incapace di mettersi comoda.

Doveva parlare con Samuel e guardare di nuovo in quei caldi occhi marroni. Aveva bisogno di capire cosa significasse il suo ritorno. Finché non l'avesse fatto, Elizabeth sapeva che i suoi ricordi avrebbero continuato a tormentare il suo cuore e a schernire la sua felicità futura.

Mentre l'autobus ronzava, Elizabeth scivolò in uno stato di sogno, oscillando tra sonno agitato e veglia. I suoi pensieri rotolavano come il paesaggio che passava, su e giù attraverso ricordi e possibilità.

Un momento si immaginava mentre scivolava lungo la navata verso il costante George, pronta a iniziare una nuova vita sensata. Ma poi i suoi sogni si trasformavano in gite in bicicletta con il giocoso Samuel, piene di risate e baci rubati che sapevano di dolce.

Avanti e indietro la sua immaginazione oscillava tra i due uomini. Quando sognava Samuel, la gioia illuminava la sua anima. Ma quei giorni spensierati erano ormai lontani. Il Samuel che conosceva era scomparso senza una parola.

La rabbia improvvisamente trafisse il sogno ad occhi aperti di Elizabeth. Dopo tutto ciò che avevano condiviso, non si era preoccupato di scrivere nemmeno una volta durante i loro anni di separazione. Aveva atteso invano un qualche segno mentre cercava di guarire il suo cuore spezzato.

Elizabeth sapeva che Samuel era partito per lavorare nella fattoria dei suoi nonni in Kansas quando colpì la Depressione. Tutto ciò che fece fu lasciarle una piccola carta nella sua cassetta delle lettere dicendo che se ne andava. Ma nella sua mente, ciò non giustificava il suo silenzio. Avrebbe potuto mettersi in contatto, e farle sapere che teneva ancora a lei. Il vuoto di domande senza risposta tra loro faceva ancora male.

L'autobus colpì un dosso ed Elizabeth si svegliò di soprassalto, le guance bagnate di lacrime. Disorientata, si guardò intorno per vedere edifici cittadini che scivolavano oltre il finestrino. Erano a Cincinnati.

"Siete arrivati a destinazione, la Città della Regina!" annunciò allegramente l'autista. Elizabeth si asciugò frettolosamente gli occhi, cercando di ricomporsi prima che l'autobus si fermasse.

Scendendo dall'autobus nella luce del mattino, Elizabeth vide immediatamente sua madre e lo zio Herbert che aspettavano accanto alla sua lucida Studebaker Champion blu.

"Lizzie, sei qui!" gridò sua madre, correndo ad abbracciarla. Elizabeth si immerse nella confortante familiarità delle braccia di sua madre.

"Beh, ehi Lizzie ragazza, sei bella come una moneta nuova di zecca," disse suo zio con un occhiolino, dandole una stretta affettuosa alla spalla. Anche con la preoccupazione che pesava su di lui, l'umorismo di suo zio traspariva.

I tre salirono in macchina e presto stavano scivolando per le strade. Per Elizabeth, la città frenetica sembrava emozionantemente viva, come New York stessa.

"Com'è stato il tuo viaggio, cara?" chiese sua madre.

"Senza eventi, fortunatamente," disse Elizabeth. "E come sta reggendo zia Gracie?"

Suo zio scosse la testa cupamente. "Non bene, temo. Sta svanendo più velocemente delle foglie in autunno."

"Ora Herbert, non devi parlare di tua moglie in questo modo," lo rimproverò sua madre. Si voltò verso Elizabeth con un sorriso coraggioso. "Gracie è comoda e resiste per ora."

Elizabeth annuì, preparandosi per ciò che stava per venire. Allungò la mano e strinse quella di sua madre per confortarla. Zia Gracie era 10 anni più grande di sua madre e, pensava Elizabeth, più saggia.

Presto arrivarono all'imponente edificio dell'ospedale. All'interno, l'odore di antisettico era pesante nell'aria. Elizabeth rabbrividì mentre entravano nella traballante gabbia dell'ascensore che li portò al terzo piano.

In fondo al lungo corridoio c'era la stanza di zia Gracie. Elizabeth esitò sulla porta, con il polso accelerato. Sentì la mano di sua madre sulla schiena, che la guidava avanti.

Elizabeth aprì la porta ed entrò nella stanza.

Zia Gracie sembrava così piccola e fragile nel letto d'ospedale, ma il suo viso si illuminò quando vide Elizabeth.

"Ecco la mia bella ragazza," disse con voce stanca. "Vieni a dare un bacio alla tua zietta."

"Oh Elizabeth, è così meraviglioso vedere il tuo dolce viso," disse zia Gracie debolmente ma con un sorriso luminoso. "Vieni a sederti accanto a me cara."

Elizabeth avvicinò una sedia al letto e afferrò delicatamente la mano fragile di sua zia.

"Ti ricordi quando facevamo i biscotti di zucchero insieme in cucina?" chiese zia Gracie. "Anche quando lo zucchero scarseggiava, riuscivamo sempre a prepararne una fornata."

Elizabeth annuì, trattenendo le lacrime al dolce ricordo.

Zia Gracie la guardò attentamente. "Ma sembri triste, cara. Cosa c'è? Non devi preoccuparti per me."

"Non è niente, sono solo preoccupata per te," disse Elizabeth, evitando lo sguardo indagatore di sua zia.

Ma zia Gracie le diede una pacca sulla mano con aria consapevole. "Dai, dimmi cosa ti sta davvero turbando."

Elizabeth esitò, poi confessò in fretta, "Ho visto Samuel in città ieri sera. Per la prima volta in cinque anni."

Il viso di zia Gracie si illuminò. "Samuel! Oh, ricordo come voi due eravate inseparabili. Il giovane amore è un periodo così emozionante."

Arrossendo, Elizabeth ammise "Rivederlo ha risvegliato vecchi sentimenti che pensavo fossero ormai scomparsi. Sentimenti che non provavo da così tanto tempo..." si interruppe incerta.

Zia Gracie fece cenno a Elizabeth di avvicinarsi con un sorriso stanco ma radioso. "Vieni qui, cara, ho qualcosa per te."

Quando Elizabeth si chinò, zia Gracie sganciò la sua collana di perle e la mise nella mano di Elizabeth. "Questa ora è tua. Ti porterà chiarezza. Segui dove ti conduce il tuo cuore."

Sopraffatta dall'emozione, tutto ciò che Elizabeth poté fare fu annuire con gratitudine mentre sua zia si sistemava sul cuscino e si addormentava.

Uscendo dalla stanza di zia Gracie, Elizabeth trovò sua madre e lo zio Herbert che aspettavano nel corridoio. Vedendo il viso rigato di lacrime di sua figlia, la madre di Elizabeth si precipitò.

"Oh cara, cosa c'è? Gracie sta bene?" chiese preoccupata.

Incapace di parlare, Elizabeth mostrò semplicemente la collana. Gli occhi di sua madre si allargarono in riconoscimento.

"Gracie te l'ha data?" disse con voce sommessa. Elizabeth annuì, nuove lacrime che cadevano.

Lo zio Herbert si fece avanti e mise una mano confortante su ciascuna delle loro spalle. "Su, su, basta lacrime per oggi. Gracie non lo vorrebbe." Diede loro un gentile sorriso.

"Signore, so proprio la cosa per sollevare il vostro spirito. Che ne dite di una giornata in città, solo voi due?"

Elizabeth e sua madre sembravano incerte, ma lo zio Herbert stava già tirando fuori il portafoglio. Premette una banconota croccante da 50 dollari nella mano di sua cognata.

"Herbert, davvero non possiamo..." protestò lei, ma lui alzò una mano.

"Ora Anna, è passato troppo tempo dall'ultima volta che hai avuto una vera giornata da signora fuori. È quello che Gracie vorrebbe. Mi dispiace solo di non poter venire anch'io," disse con un occhiolino.

"Ora prendete questo e andate a comprarvi qualcosa di bello da Mabley and Carew's. Poi, un boccone da mangiare al Netherland Plaza. Ordini dello zio!"

Vedendo il luccichio nei suoi occhi, Elizabeth sentì il suo spirito sollevarsi un po'. Abbracciò suo zio con gratitudine, poi infilò il braccio in quello di sua madre. Le due donne si avviarono verso la soleggiata giornata autunnale, condividendo ricordi di Gracie lungo tutto il percorso.

Sul marciapiede dell'ospedale, riuscirono a fermare un taxi.

"Dove andiamo, signore?" chiese allegramente il tassista.

"Al grande magazzino Mabley and Carew's, per favore," rispose la madre di Elizabeth mentre salivano.

Presto arrivarono all'iconico grande magazzino. All'interno, le due donne esaminarono le ultime mode, meravigliandosi della varietà per tutto il pomeriggio.

Elizabeth scelse alcuni vestiti da provare, cercando quello giusto. Finalmente, uscì con un elegante abito in chiffon verde smeraldo con tacchetti abbinati. Il colore complementava perfettamente la collana di zia Gracie.

"Oh Elizabeth, è perfetto!" dichiarò sua madre. "E fa risaltare i tuoi bellissimi occhi."

Incoraggiata dal successo, anche la madre di Elizabeth trovò un adorabile vestito nuovo, un modello fluente in chiffon nella sua tonalità preferita di viola.

Dopo aver completato i loro acquisti, le due uscirono dal negozio di ottimo umore. Elizabeth infilò il braccio in quello di sua madre mentre passeggiavano per la strada verso l'Hotel Netherland Plaza.

Entrando nella grandiosa hall, Elizabeth e sua madre sapevano che non potevano cenare con i loro abiti da viaggio.

"Andiamo nel bagno delle signore a cambiarci," suggerì la madre di Elizabeth.

Nel bagno di marmo, le due donne si strinsero insieme in un cubicolo. Si aiutarono a vicenda a togliersi i vecchi vestiti e a indossare i nuovi abiti eleganti, ridacchiando come scolare nei loro alloggi ristretti.

La madre di Elizabeth infilò i vestiti scartati nella sua borsa, mentre Elizabeth si rinfrescò allo specchio. Allacciò con cura la collana di zia Gracie intorno al collo e aggiunse un tocco di rossetto e mascara.

"Solo un'ultima cosa," disse sua madre, tirando fuori un fiore dalla sua borsa e appuntandolo sul nuovo vestito di Elizabeth. "Ecco, perfetto!"

Uscendo dal bagno, Elizabeth e sua madre rimasero abbagliante dallo splendore del Netherland Plaza. La hall era un capolavoro di design Art Deco francese, con rari pannelli in palissandro brasiliano ed elaborati lavori in metallo in ottone.

Mentre scivolavano a braccetto verso il ristorante, i loro tacchi alti risuonavano ritmicamente sui lucidi pavimenti di marmo. Sopra di loro si alzava un soffitto a volta decorato con ornate modanature in gesso. Lampadari di cristallo proiettavano un caldo bagliore sullo spazio.

Passarono attraverso la leggendaria Sala degli Specchi, sentendosi glamour come star del cinema. Le pareti a specchio riflettevano le loro immagini infinite lungo il grandioso corridoio fiancheggiato da vasi di palme. Era come camminare attraverso la Reggia di Versailles stessa.

Ovunque guardassero, Elizabeth e sua madre vedevano dettagli squisiti - murales dipinti a mano, pavimenti in legno intarsiato, accenti dorati su colonne e ringhiere. Il gioiello architettonico di Cincinnati le avvolgeva nel lusso.

Mentre il maître accompagnava Elizabeth e sua madre nell'elegante ristorante, furono inghiottite in una sinfonia di vista e suoni.

Il mormorio di conversazioni intime e il delicato tintinnio delle posate sui piatti eleganti riempiva l'aria. Occasionalmente, una risata scoppiava da un tavolo prima di zittirsi di nuovo. Camerieri in giacche bianche inamidate fluttuavano tra i tavoli, i loro passi smorzati dai tappeti spessi.

Aromi deliziosi si diffondevano dalla cucina affollata, facendo brontolare lo stomaco vuoto di Elizabeth. Il ricco profumo di bistecche fumanti si mescolava con la freschezza di limone e erbe fresche. Panini caldi al lievito e il dolce sapore del burro completavano il mix che faceva venire l'acquolina in bocca.

Un pianista nell'angolo accompagnava i commensali con dolci melodie jazz. La musica dal vivo conferiva un'aria conviviale e festosa alla scena mentre gli amici cenavano insieme nel soffuso bagliore dei lampadari.

Nel complesso, i suoni e gli odori si combinavano per creare un'atmosfera di raffinatezza e comunità. Elizabeth strinse la mano di sua madre, comunicando senza parole la sua gioia nel condividere questa squisita esperienza.

Il maître condusse Elizabeth e sua madre a un tavolo accogliente vicino al pianoforte. Mentre si accomodavano nelle poltrone imbottite, un cameriere ben vestito si avvicinò con i menu.

"Benvenute, signore. Mi chiamo Thomas e mi prenderò cura di voi oggi," disse con un sorriso affascinante. "Posso iniziare portandovi qualcosa da bere?"

"Penso che dello champagne sia adatto per celebrare questa occasione speciale," dichiarò la madre di Elizabeth.

"Che idea meravigliosa," concordò Elizabeth.

Thomas annuì. "Un'ottima scelta. Tornerò subito con una bottiglia del nostro migliore."

Dopo che si allontanò, Elizabeth afferrò la mano di sua madre attraverso il tavolo. "Grazie per questa bellissima giornata, Madre. So che a zia Gracie sarebbe piaciuta."

"Naturalmente, mia cara. Gracie sarebbe così felice di vedere la sua collana indossata e apprezzata."

Proprio allora Thomas tornò, aprendo con maestria la bottiglia di champagne. "Siamo pronte per ordinare?" chiese.

Elizabeth e sua madre fecero tintinnare i loro bicchieri frizzanti.

"Credo di sì," disse Elizabeth.

Mentre Elizabeth e sua madre sorseggiavano il loro champagne, una donna affascinante in un abito rosso con paillettes salì sul piccolo palco. Il chiacchiericcio si quietò mentre lei regolava il microfono.

"Buonasera, signore e signori," disse con voce vellutata. "Il mio nome è Vivian e fornirò l'intrattenimento di questa sera."

Fece un cenno al pianista e iniziò a cantare con un tono sensuale e bluesy. Liscia come il velluto, scivolava senza sforzo su e giù per le note. Vivian chiuse gli occhi, ondeggiando delicatamente alla melodia, persa nei testi d'amore e di cuori spezzati.

Aveva ricci voluminosi color mogano che brillavano sotto le luci del palco. La sua pelle sembrava brillare contro l'abito cremisi scintillante che abbracciava ogni curva.

La voce di Vivian si gonfiava di emozione nelle ballate più lente, la vulnerabilità che si faceva strada attraverso il suo comportamento sofisticato. Durante i numeri più allegri, ancheggiava e schioccava le dita giocosamente, sfoggiando un sorriso abbagliante.

Elizabeth era affascinata, trasportata dalla potenza e dall'intimità dell'esibizione di Vivian. Immaginava se stessa che ballava nel suo nuovo vestito e collana con Samuel vestito con il completo marrone che aveva visto alla locanda. Per quei momenti, Vivian teneva i cuori dell'intera sala nelle sue mani.

Quando l'ultima nota struggente svanì, il pubblico eruppe in un applauso entusiasta. Vivian fece un inchino, lanciando un bacio prima di scivolare via dal palco, i suoi tacchi a spillo che ticchettavano sul pavimento.

Dopo aver applaudito la straordinaria performance, Elizabeth e sua madre rivolsero la loro attenzione al delizioso pasto servito davanti a loro.

Elizabeth aveva scelto il petto di pollo arrosto alle erbe servito su un letto di riso selvatico pilaf. Il tenero pollo era succoso e saporito, ben accompagnato dal riso soffice e burroso. Asparagi arrostiti con limone e olio d'oliva completavano il piatto.

Nel frattempo, la madre di Elizabeth assaporava il filetto di salmone al forno con salsa alla panna e aneto. Il pesce si sfaldava facilmente sotto la sua forchetta, umido e delicato. Era accompagnato da patate novelle arrostite ancora calde dal forno e abbastanza croccanti da scrocchiare.

Per dessert, decisero di condividere la decadente torta mousse al cioccolato. Ogni boccone setoso si scioglieva sulla lingua in una ricca essenza di cacao scuro. Mangiarono lentamente, assaporando ogni boccone succulento.

Lo champagne le aveva lasciate effervescenti e un po' euforiche. Le loro risate venivano frequenti e facilmente, mentre chiacchieravano tra un morso beato e l'altro. Il cibo delizioso sapeva ancora meglio quando condito dalla loro conversazione condivisa e dai ricordi.

Dopo aver finito l'ultima briciola della loro torta, Elizabeth e sua madre furono sorprese quando il loro cameriere, Thomas, apparve portando due eleganti piatti da dessert.

"Lo chef vorrebbe farvi provare le sue ultime creazioni," annunciò con un piccolo inchino.

Sul piatto di Elizabeth c'era un soffice soufflé alla vaniglia servito con una composta di lamponi agrodolce. Il suo cucchiaio tagliò facilmente attraverso la superficie cremosa e gonfia per rivelare il centro ancora liquido. Il contrasto tra il soufflé leggero e la salsa di frutta aspra era pura beatitudine.

Il piatto di sua madre conteneva una bellissima torta millefoglie al tè verde matcha a strati. Ogni crêpe sottilissima era spennellata con una delicata crema al matcha prima di essere impilata in alto. Una spolverata di zucchero a velo aggiungeva un tocco finale di dolcezza permettendo al profondo sapore del tè verde di risplendere.

Mentre le donne assaporavano lentamente gli squisiti dessert, Elizabeth alzò il suo calice di champagne. "A Gracie - grazie per averci riunite oggi," brindò.

"A Gracie," fece eco sua madre con lacrime di felicità negli occhi.

Elizabeth era certa che la sua cara zia sarebbe stata felice di vederle godere insieme dei meravigliosi piaceri della vita.

Capitolo 4: "Il Tuono Rumoreggia, le Domande Incombono"

Il sole autunnale stava calando nel cielo mentre Elizabeth e sua madre uscivano dalle grandi porte del Netherland Plaza. Braccio a braccio, passeggiarono fino alla fila di taxi in attesa e ne chiamarono uno per portarle di nuovo a Price Hill.

Mentre il taxi si allontanava dal marciapiede, l'autista chiese: "Dove andiamo, signore?"

"Oh, stiamo andando a Price Hill, per favore," rispose la madre di Elizabeth.

Mentre guidavano, Elizabeth guardava fuori dal finestrino immersa nei suoi pensieri. Passarono davanti a un negozio Empress Chili, la cui insegna al neon si stava appena accendendo nel crepuscolo. Si chiese se Samuel avesse provato il famoso chili di Cincinnati e immaginò di portarlo qui, vedendo il suo viso illuminarsi dopo il primo morso appetitoso.

Elizabeth si rimproverò internamente. Non avrebbe dovuto avere pensieri così fantasiosi su Samuel. Non quando si era promessa a George a casa. Ma ancora, non poteva fare a meno di immaginare la reazione di Samuel se l'avesse vista in questo elegante vestito nuovo, indossando la collana di zia Gracie. Sicuramente, sarebbe stato ipnotizzato.

Il taxi iniziò a salire costantemente le ripide strade che davano a Price Hill il suo nome. Elizabeth si ricordò che lei e Samuel erano ormai lontani nel tempo e nello spazio. Era una donna fidanzata. Tuttavia, rivederlo, anche se solo per un momento, aveva risvegliato sentimenti e speranze dormienti dentro di lei.

Continuarono su per la collina, mentre Elizabeth guardava le case che sfilavano, incerta sul suo futuro quanto il crepuscolo che si trasformava in notte intorno a loro.

Il taxi si snodava su per le ripide strade curve. Elizabeth si aggrappò alla maniglia della porta mentre giravano intorno a curve strette, con edifici e marciapiedi inclinati ad angoli che sfidavano la gravità.

Si sentiva stranamente reminiscente delle sue prospettive mutevoli e delle emozioni ondeggianti dell'ultimo giorno. Prima era arrivato l'incontro a sorpresa con Samuel, che aveva scosso le fondamenta del suo cuore. Poi, momenti gioiosi ridendo con la famiglia prima della visita sobria alla zia Gracie malata.

Le alte vette e i profondi abissi avevano lasciato Elizabeth con una sensazione di vertigine e inquietudine. Come questo taxi che si lanciava intorno a colline e valli pericolose, la vita l'aveva gettata su un giro sulle montagne russe quando tutto ciò che si aspettava era un viaggio lineare.

Mentre le strade si appiattivano in cima a Price Hill, Elizabeth guardò sua madre. Trovò conforto sapendo che nonostante le svolte e i giri della vita, poteva contare sul sostegno incrollabile della famiglia. Con la loro presenza rassicurante, poteva ritrovare l'equilibrio mentre navigava verso il futuro, ovunque la strada potesse portarla.

Il taxi si fermò davanti alla casa accogliente di zia Gracie e zio Herbert. Elizabeth notò subito che la luce del portico anteriore era spenta, insolito in una fresca serata autunnale.

Lei e sua madre si incamminarono lungo il vialetto. Prima che potessero bussare, la porta si aprì rivelando uno zio Herbert dal volto cupo. I suoi occhi erano arrossati e mancavano del loro abituale scintillio.

"Signore, temo che Gracie sia morta questo pomeriggio," disse pesantemente.

Elizabeth e sua madre emisero entrambe un grido soffocato, nuove lacrime che sgorgavano dai loro occhi, mentre abbracciavano lo zio Herbert.

"Oh, Herbert, mi dispiace tanto," disse singhiozzando la madre di Elizabeth. "Come stai reggendo?"

Lui scosse tristemente la testa. "È un colpo terribile. Ma se n'è andata pacificamente con me accanto. E so che le avrebbe dato grande felicità sapere che voi due stavate godendo di una bella giornata insieme."

"È esattamente di quello che stavamo parlando a cena," disse Elizabeth. "Tutti i nostri ricordi preferiti di Gracie. Era lì con noi in spirito."

Lo zio Herbert riuscì a fare un debole sorriso a quelle parole. "Bene, sono contento di sentirlo. Ora entrate, mi farebbe comodo un po' di compagnia stasera."

I tre attraversarono la soglia insieme, uniti nel loro dolore ma traendo forza dall'amore e dalla perdita condivisi.

Dopo essere rimasti svegli fino a tarda notte a ricordare con lo zio Herbert, finalmente disse "Signore, si sta facendo tardi. Dovremmo tutti cercare di riposare un po.'"

Elizabeth abbracciò suo zio dandogli la buonanotte e si ritirò nella camera degli ospiti. Mentre giaceva a letto, i pensieri di zia Gracie inondarono la sua mente: ricordi di biscotti al forno, scambio di segreti, risate fino a farsi male ai fianchi. Lacrime silenziose caddero ricordando lo spirito vivace della sua cara zia.

Alla fine, Gracie svanì dalla sua mente, sostituita dal viso di Samuel. Elizabeth ripensò a tutte le volte in cui Samuel l'aveva confortata attraverso le difficoltà della vita con la sua risata facile e il suo abbraccio forte.

Al contrario, mentre era stabile e affidabile, George non era mai stato uno da parole o gesti sentiti. Sapeva che avrebbe offerto un supporto pratico se lei gli avesse confidato il suo dolore. Ma non sarebbe stato lo stesso di Samuel che la avvolgeva tra le sue braccia, calmandola con sussurri che tutto sarebbe andato bene.

Esausta per la giornata emotiva, Elizabeth finalmente si addormentò. Sognò di camminare mano nella mano con Samuel lungo una strada soleggiata, leggera e senza preoccupazioni.

Elizabeth fu svegliata di soprassalto da un colpo alla porta. "Elizabeth, è ora di alzarsi," venne la voce smorzata di sua madre. "Andiamo in chiesa mentre tuo zio fa i preparativi all'impresa funebre."

Ancora assonnata, Elizabeth aprì gli occhi e fissò il soffitto. Il dolore di ieri tornò a ondate. Si vestì lentamente con un semplice abito blu navy, appuntando il cappello che aveva comprato con sua madre.

Quando emerse, lo zio Herbert stava aspettando vicino alla porta d'ingresso, dall'aspetto stanco ma composto. "Il taxi sarà qui tra un minuto per portarvi signore a St. Francis Xavier," le informò.

Volgendosi verso Elizabeth, aggiunse "Probabilmente non ti vedrò più prima del tuo viaggio di ritorno. Viaggia in sicurezza e buona settimana di insegnamento."

"Sei sicuro che non dovrei restare ad aiutare?" chiese Elizabeth.

Ma lo zio Herbert le diede una pacca sulla mano. "Tua madre sarà qui. Torna dai tuoi studenti."

Tirò fuori una busta dalla tasca con un sorriso. "Ecco il tuo biglietto per tornare a casa," disse, mettendoglielo in mano.

Elizabeth guardò in basso sorpresa. "Un biglietto del treno?"

"Sì, volevo che viaggiassi di ritorno con stile," disse con un sorriso gentile. "Ora, vai e dai a quei bambini un abbraccio extra da parte dello zio Herbert."

Elizabeth lo abbracciò strettamente, non sapendo quando si sarebbero rivisti. Mentre il taxi arrivava, si asciugò gli occhi e seguì sua madre lungo il vialetto.

Il taxi portò Elizabeth e sua madre giù per le colline sinuose fino al centro di Cincinnati. Mentre guidavano, sua madre indicava i punti di riferimento per distrarre Elizabeth dal suo dolore.

"Ecco la Chiesa di San Francesco Saverio davanti. Sapevi che è stata consacrata nel 1826?" commentò. Elizabeth annuì, guardando in alto la imponente struttura neogotica che si ergeva alta sopra il quartiere. Apprezzava gli sforzi di sua madre per reindirizzare i suoi pensieri.

Il taxi svoltò intorno a un tram, scuotendo Elizabeth dal suo sogno ad occhi aperti. Guardò sua madre, che le diede un sorriso coraggioso, anche se i suoi occhi erano umidi.

Arrivarono alla chiesa mentre le campane suonavano per la messa delle nove. Elizabeth aiutò sua madre a scendere dal taxi e si unirono al flusso di fedeli.

L'interno cavernoso le avvolse nella luce delle candele e nelle voci sommesse. Mentre Elizabeth scivolava nel banco di legno lucido, con la collana che le pendeva davanti, le campane tacquero. C'era solo il flebile sussurro delle preghiere.

Elizabeth chinò il capo, lasciando che la solenne bellezza della chiesa iniziasse a guarire il suo dolore. Sentì la mano di sua madre afferrare la sua, un toccante legame in mezzo a una perdita devastante.

L'omelia del prete era persino sulla perdita, come se sapesse della scomparsa. "Fratelli e sorelle miei, il dolore può avvolgere i nostri cuori come la notte più nera. Ma anche quando la perdita offusca i nostri giorni, ci sono punti di luce se solo apriamo gli occhi - l'amore della famiglia, la compassione degli amici, la promessa di riunirci un giorno nella nostra casa eterna."

Elizabeth fu commossa dalle sue parole di conforto e speranza. Sussurrò una preghiera per sua zia Gracie e per tutti coloro che portavano dolore oggi.

Dopo, lei e sua madre scesero i gradini della chiesa per esplorare il vicino Findlay Market, con le foglie che scricchiolavano sotto i loro piedi. Chiacchierarono dei ricordi d'infanzia di Gracie e dei loro ricordi più cari dei giorni più felici. Sebbene tinti di tristezza, condividere queste storie portava conforto e persino risate occasionali.

Entrando nel Findlay Market, Elizabeth e sua madre furono immerse in una festa sensoriale per gli occhi, il naso e le papille gustative. Il vivace mercato coperto era un'istituzione di Cincinnati dal 1855.

Vagarono oltre bancarelle dipinte vivacemente traboccanti di prodotti rigogliosi - ceste di mele, montagne di arance, cesti intrecciati che traboccavano di melanzane lucide e peperoni. L'odore di fiori freschi si mescolava con l'aroma affumicato di carni stagionate e formaggi pungenti.

Per pranzo, condivisero un decadente tagliere di salumi da una delle gastronomie allegramente decorate. Mentre sgranocchiavano succulenti salumi, formaggio cremoso, olive e cracker, la loro conversazione si volse a ricordare i viaggi a Findlay con zia Gracie.

"Oh, come amava esaminare quei banchi di fiori," disse la madre di Elizabeth con un sorriso nostalgico. "Ricordi come sceglieva i bouquet più esotici?"

Elizabeth sorrise. "E ci faceva sempre avere di nascosto qualche dolce fresco dalla panetteria. Anche se avevamo appena fatto un grande pranzo!" I ricordi erano agrodolci ma portavano comunque conforto.

Con le pance piene e gli spiriti sollevati, le due donne passeggiarono per il vivace mercato, mantenendo vivo nei loro cuori lo spirito vivace di Gracie.

Dopo il pranzo, Elizabeth e sua madre uscirono dal mercato e riuscirono a chiamare un taxi. Mentre salivano dentro, sua madre si voltò verso di lei e disse, "Ho una piccola sorpresa per te, tesoro." Istruì l'autista di portarle ad Ault Park.

Elizabeth guardò fuori dal finestrino mentre il taxi si faceva strada su, passando l'Osservatorio di Mount Lookout. Guidarono attraverso un splendido tunnel di foglie autunnali in vivaci tonalità di cremisi, oro e ambra.

Quando arrivarono al belvedere del parco, Elizabeth rimase senza fiato. Disteso davanti a loro c'era un incredibile panorama di foreste e valli che brillavano nella luce del pomeriggio. Era davvero il gioiello della corona della Queen City.

"Oh Madre, è mozzafiato qui su," sospirò Elizabeth, stringendo la mano di sua madre. Per un momento, tristezza e problemi furono spazzati via dalla brezza fresca. C'era solo bellezza illuminata dal sole e confortante compagnia.

Sua madre le avvolse un braccio intorno alle spalle. "Speravo che ti piacesse."

Elizabeth si appoggiò all'abbraccio di sua madre, custodendo il ricordo che le aveva regalato. Mentre la vista pacifica si estendeva davanti a loro, sentì lo spirito di zia Gracie alla sua spalla.

Dopo aver ammirato la vista dal belvedere, Elizabeth e sua madre passeggiarono a braccetto giù nell'Ault Park vero e proprio. Annidato tra antiche querce e aceri c'era il pittoresco padiglione del parco.

La struttura in stile rinascimentale italiano aveva un tetto a punta con una fontana a cascata all'esterno. Finestre ad arco incorniciavano viste sui prati ondulati che lo circondavano. All'interno, il maestoso soffitto si ergeva.

Elizabeth e sua madre si sedettero per un po' su una panchina di pietra godendosi l'ombra fresca del padiglione. Elizabeth chiuse gli occhi, assorbendo il canto degli uccelli e il fruscio delle foglie. Era un posto perfettamente pacifico per riposare e riflettere.

Quando uscirono, Elizabeth diede un'ultima lunga occhiata al grazioso edificio. Immaginò signore e gentiluomini di un'epoca passata che si riunivano lì nei loro abiti eleganti. Per oltre un secolo, il padiglione aveva accolto generazioni in cerca della bellezza della natura. Si sentì benedetta di essere ora tra loro.

Con il padiglione che vegliava su di loro, Elizabeth e sua madre passeggiavano lungo i sentieri curvilinei, desiderando entrambe di indugiare in questo luogo sereno. Ma il sole che tramontava avvertiva che era ora di proseguire.

Troppo presto, Elizabeth e sua madre erano di nuovo nel taxi che si snodava giù per Mount Lookout. Dopo aver recuperato la valigia di Elizabeth dallo zio Herbert, proseguirono verso Union Terminal mentre le nuvole grigie iniziavano ad addensarsi.

Quando il grandioso terminal art déco apparve alla vista, Elizabeth strinse forte la mano di sua madre. "Grazie di tutto, Madre. Era proprio ciò di cui avevo bisogno."

"Naturalmente, mia cara. Sono così felice che abbiamo avuto questo tempo insieme," disse sua madre, tamponandosi gli occhi. Si strinsero in un abbraccio forte e amorevole.

"Porta il mio affetto allo zio Herbert. E fammi sapere degli accordi per zia Gracie," disse Elizabeth mentre si allontanava.

Sua madre annuì. "Sarà sepolta a Worthington accanto ai suoi genitori, secondo i suoi desideri. Ti telefonerò con i dettagli."

Con gli ultimi saluti, Elizabeth attraversò il maestoso terminal, i murales mozzafiato che le sollevavano lo spirito. Era grata per la giornata agrodolce in onore della memoria di Gracie. Tenendo i suoi cari nel cuore, salì sul treno per tornare a casa.

Era calata la notte quando Elizabeth salì sul treno. Si sistemò al suo posto mentre il treno si metteva in moto. Il ritmico clicchettio delle ruote sui binari presto la cullò in uno stato contemplativo.

Conversazioni smorzate si mescolavano con lo strisciare di piedi e il tuono attutito di valigie che rotolavano lungo il corridoio. La pioggia batteva dolcemente sui finestrini mentre i campi autunnali scivolavano via nell'oscurità.

I lampi brillavano, illuminando brevemente la terra agricola dell'Ohio in ombra. Mentre il tuono rimbombava in alto, Elizabeth si sentì improvvisamente fredda e sola. Desiderava le forti braccia di Samuel che la abbracciavano, la sua voce profonda che dolcemente allontanava la sua tristezza.

Nella sua mente, riprodusse il loro incontro casuale al New England Inn. L'intensità del suo sguardo attraverso la stanza affollata aveva risvegliato sentimenti sepolti da tempo. Il ricordo del suo viso le faceva ancora battere il cuore e accelerare il polso.

Più di ogni altra cosa, Elizabeth desiderava rivedere Samuel, parlare con lui, sentire il suo tocco. Il treno correva verso nord attraverso la notte tempestosa mentre lei sedeva irrequieta, mettendo in discussione scelte che ora sembravano incerte.

Samuel occupava i suoi pensieri tanto intensamente quanto la pioggia sferzava i finestrini. Il suo desiderio si fondeva con ogni tuono che echeggiava il suo cuore conflittuale.

Mentre il treno guadagnava velocità, Elizabeth sentiva il suo cuore battere per eguagliarne il rapido ritmo. Il fischio acuto del motore trafiggeva la notte mentre sfrecciavano avanti.

Elizabeth premette la fronte contro il vetro, guardando il suo riflesso sfumarsi con le gocce di pioggia che scorrevano giù. Anche la sua mente era confusa, divisa tra il passato e il presente.

Vedere Samuel era stato come un fulmine che rianimava sentimenti dormienti. Ora il suo cuore galoppava veloce quanto i pistoni vorticosi che spingevano il treno in avanti.

L'ondeggiare e il rombo della carrozza rendevano impossibile riposare veramente. Elizabeth si agitava sul sedile, a disagio per l'indecisione. Sentiva di precipitare verso un ignoto momento della verità.

Fuori, alberi sferzati dal vento sfrecciavano via in ombre minacciose. La tempesta rispecchiava il suo turbamento interiore. Elizabeth pregava di trovare chiarezza prima di raggiungere la sua destinazione.

Il treno si tuffava nella notte nera e piovosa senza sosta. Miglio dopo miglio il treno la portava più vicina a un bivio che non poteva più evitare.

Il treno iniziò a rallentare mentre si avvicinava alla periferia del nord di Columbus. "Prossima fermata, Stazione di Worthington!"

chiamò il conduttore. Il polso di Elizabeth accelerò, sapendo di essere vicina a casa.

Durante il viaggio, il suo percorso era diventato chiaro. Non appena avesse lasciato le sue borse, si sarebbe diretta direttamente al New England Inn. Doveva vedere Samuel, per esigere risposte alle domande che la tormentavano - perché non aveva mai scritto, dove era stato, cosa lo aveva riportato indietro ora. Il tempo della confusione era finito.

Il treno si fermò alla piccola stazione. La pioggia cadeva mentre Elizabeth scendeva sulla banchina, il vento aspro che sferzava il suo cappotto. Strinse la cintura del trench e aprì l'ombrello che sua madre le aveva dato prima di recuperare la valigia.

Dall'altra parte dei binari, notò un piccolo fuoco che tremolava sotto le grondaie della stazione. C'era il vecchio Hobo Jeff, rannicchiato, che indossava una giacca marrone molto bagnata mentre cucinava una lattina di fagioli e beveva sorsi da una bottiglia di whiskey.

Elizabeth si fermò, guardando Jeff tremare sotto la pioggia battente. "Scommetto che ha freddo in una notte come questa," mormorò tra sé. Ma non aveva tempo da perdere. Con passo deciso, Elizabeth chiamò un taxi e disse all'autista di guidare direttamente verso il New England Inn con fretta.

Mentre guidavano su Granville Road per svoltare a sud su High Street, notò che la pioggia cominciava a diminuire. Arrivando davanti alla locanda, Elizabeth entrò tenendo la valigia con il cuore che batteva forte. Si precipitò dentro e scrutò il bar, ma Samuel non si vedeva da nessuna parte.

Abbattuta e ancora bagnata, si affrettò verso la reception. "Mi scusi, c'è un Samuel Lewis che alloggia qui?" chiese all'impiegato senza fiato.

"Temo di no, signorina," rispose lui con un sorriso di scusa. "Un signor Lewis ha fatto il check-out ieri sera."

Elizabeth si affrettò di nuovo fuori, costernata. Per caso, il suo taxi era ancora al minimo sul marciapiede. Mentre scivolava sconsolata nel sedile posteriore, l'autista le lanciò uno sguardo comprensivo nello specchietto retrovisore.

"Nessuna fortuna nel trovare chi stava cercando, signorina?" chiese gentilmente.

"No, sono arrivata troppo tardi," sospirò Elizabeth.

Il tassista fece schioccare la lingua e la portò a casa. La pioggia era solo una leggera spruzzata ma le gocce d'acqua rotolavano per la strada come lacrime. Quando arrivarono, Elizabeth pagò il tassista e si trascinò su per il vialetto pieno di pozzanghere, sconfitta.

Ma che spuntava dalla sua cassetta delle lettere c'era una lettera con la inconfondibile calligrafia di Samuel! Con il cuore che batteva di nuovo, afferrò la busta e si precipitò dentro, chiudendo fuori l'oscurità tempestosa.

Con mani tremanti, strappò il sigillo alla luce dell'ingresso. Senza nemmeno chiudere la porta d'ingresso, un brivido di anticipazione la attraversò mentre scorreva rapidamente il contenuto della lettera, affamata finalmente di risposte.

Elizabeth accese la luce del corridoio e cominciò avidamente a leggere la lettera di Samuel:

"Carissima Elizabeth,

Ti scrivo nella speranza che questa lettera ti trovi bene. So che sono passati molti anni dall'ultima volta che abbiamo parlato, e per questo sono profondamente dispiaciuto. Dopo il liceo, cercare di lavorare nella fattoria di famiglia in Kansas durante quei lunghi, duri anni di tempeste di polvere ha preso tutto ciò che avevo. Sentivo che sarebbe stato troppo doloroso scriverti quando non sapevo se o quando sarei potuto tornare. Non potevo continuare a spezzare il tuo cuore o il mio.

Ma ora sono tornato a Worthington. Mio zio mi sta formando nella sua attività assicurativa qui. Al mio arrivo, sei stato il mio primo pensiero. Quel fugace scorcio di te alla locanda sembrava provvidenziale. Mi rammarico di aver lasciato le cose irrisolte tra noi per così tanto tempo. Ti prego di sapere che non hai mai lasciato il mio cuore.

Il tuo ragazzo, Samuel"

Gli occhi di Elizabeth si riempirono di lacrime mentre leggeva le sue parole sentite. Ma proprio in quel momento, un urlo agghiacciante squarciò l'aria notturna fuori. Lasciò cadere la lettera e corse alla finestra. Scrutando nell'oscurità, faticò a distinguere la fonte delle grida.

Strizzando gli occhi nella notte, Elizabeth riuscì appena a distinguere una figura maschile che indossava un trench scuro e teneva quello che sembrava essere un oggetto in mano. Stava correndo velocemente oltre la sua casa su per la strada. Un minuto dopo, i vicini cominciarono a uscire dalle loro case per investigare il trambusto.

"Che diavolo sta succedendo?" venne una voce dalla porta accanto. Elizabeth si girò per vedere Betty Whimsfeld che usciva, vestaglia stretta contro il freddo.

"Non sono sicura, ho sentito un urlo e ho visto qualcuno correre," rispose Elizabeth. Le due donne si affrettarono giù sul marciapiede, sforzandosi di distinguere i dettagli nell'oscurità.

Presto le sirene delle auto della polizia squarciarono l'aria. Le auto si fermarono alcune case più in giù, le loro luci lampeggianti che illuminavano la strada. "Quella è la casa dei Collins," esclamò Betty. "La casa della piccola Amy!"

Elizabeth sentì lo stomaco sprofondarle. "Qualcosa non va, dovremmo andare ad aiutare," disse. Gettando un ultimo sguardo alla lettera di Samuel posata sul tavolo, si precipitò con Betty verso la casa familiare, pregando che la giovane Amy fosse illesa.

Betty ed Elizabeth si affrettarono lungo il marciapiede verso la casa dei Collins mentre un rombo di tuono rimbombava dalla tempesta che passava. Le finestre della casa dei Collins erano illuminate dalle luci lampeggianti della polizia.

Mentre si avvicinavano, un giovane agente si avvicinò e disse alle signore di non avvicinarsi ulteriormente. Attraverso la porta d'ingresso aperta, potevano vedere la piccola Amy seduta in grembo a sua madre, entrambe in lacrime.

Presto l'ambulanza Packard-Henney della Corbin Funeral Home arrivò sulla scena. Uomini dal volto cupo portarono fuori una barella con una figura avvolta, il signor Collins.

Elizabeth poteva sentire uno degli agenti di polizia che diceva all'autista dell'ambulanza: "Era stato accoltellato a morte quando siamo arrivati qui."

I vicini si allineavano lungo la strada in vestaglie e pantofole, i volti pallidi per lo shock. "Che terribile, povero signor Collins, era un così bravo banchiere," mormorò una scossa signora Reep.

"Che diavolo è successo?" disse il signor Hunter dall'altra parte della strada. Sua moglie si tamponava gli occhi con un fazzoletto.

"È il signor Collins della Worthington Savings Bank!" rispose la signora Reep. Le pozzanghere sulla strada notturna sembravano raccogliere le lacrime del quartiere.

Elizabeth strinse forte la mano di Betty, il sollievo la invase nel sapere che Amy era illesa. Ma la tragedia della morte del signor Collins incombeva ancora pesantemente nell'aria mentre la nebbia cominciava ad alzarsi, lasciando il quartiere scosso.

Betty disse: "Quella dolce piccola Amy Collins senza suo padre. È troppo terribile."

Capitolo 5: "Nebbia di Confusione"

"Elizabeth cara, devi essere sotto shock. Perché non vieni a stare da me stanotte?" offrì gentilmente Betty.

Con la nebbia che si stava alzando e troppo scossa per rifiutare, Elizabeth si lasciò condurre nella casa accanto. All'interno, la casa di Betty era accogliente e profumava leggermente di lavanda.

Davanti a tazze fumanti di tè alla camomilla, le donne cercarono di elaborare gli eventi della notte. "Non riesco proprio a capacitarmi. Povero signor Collins," mormorò Elizabeth, fissando il suo tè.

Betty le diede una pacca sulla mano. "Lo so, è tutto così insensato. Ma supereremo questo insieme."

Entrambe esauste, Betty accompagnò Elizabeth nella stanza degli ospiti. Guardandosi intorno, Elizabeth notò diverse fotografie incorniciate che decoravano le pareti e il comodino.

La maggior parte erano foto del defunto marito di Betty, Harold. Ce n'era una di lui come giovane sposo sorridente con il braccio attorno a una radiosa e giovane Betty nel giorno del loro matrimonio. Un'altra lo mostrava nella sua uniforme della Marina Britannica, dall'aspetto affascinante ma cupo.

"Suo marito deve aver avuto una vita interessante." disse Elizabeth.

"Sì, Harold era inglese. Ci siamo conosciuti quando ero un'infermiera di stanza lì durante la Grande Guerra. Non smetteva di venire in ospedale per vedermi. Era un uomo meraviglioso. Anche se se n'è andato da sei anni ormai, mi manca ancora profondamente. È ancora qui con me, però." disse Betty, sorridendo.

Le foto più recenti ritraevano Harold nei suoi ultimi anni - in posa orgogliosamente accanto a una pesca abbondante, ridendo con Betty sull'altalena del portico, sonnecchiando sulla sua poltrona. Ogni foto catturava ricordi di un lungo e felice matrimonio.

Sul comodino c'era una foto di Betty e Harold insieme in vacanza, appoggiati affettuosamente l'uno all'altra davanti a un panorama montano scenico. Sebbene Harold se ne fosse andato, la stanza conservava ancora la sua presenza confortante.

Guardando la cronaca di foto, Elizabeth provò un acuto senso di desiderio. Vedere l'amore duraturo di Betty e Harold rafforzò la sua determinazione a riconciliarsi con Samuel prima che il tempo scadesse.

Elizabeth augurò la buonanotte a Betty e si diresse nella stanza degli ospiti. Tirò su le coperte e si mise nel vecchio letto. Si addormentò al ritmo costante dell'orologio a pendolo nel corridoio.

Il lunedì mattina arrivò bruscamente con il chiasso del cuculo che usciva dalla sveglia sul comodino. Erano le 6 del mattino. Elizabeth si alzò assonnata nella stanza sconosciuta, gli orribili eventi della notte precedente tornarono alla mente.

Elizabeth uscì silenziosamente dalla stanza degli ospiti di Betty. Guardando in basso verso la casa dei Collins, vide la polizia ancora in giro.

A casa, si lavò e si vestì per la scuola con un sobrio abito grigio. La passeggiata verso il lavoro sembrava diversa - sottomessa e inquieta.

In classe, gli studenti erano insolitamente silenziosi. Il banco vuoto di Amy era dolorosamente evidente. Elizabeth sentì scambi sommessi tra gli studenti:

"Pensi che sia molto triste?"

"Mia mamma ha detto che suo padre è morto ieri notte."

"Cosa gli è successo?"

Prima che Elizabeth potesse intervenire, il preside Gentry bussò ed entrò, il viso cupo. "Bambini, temo che abbiamo notizie molto sconvolgenti..."

Continuò a informarli delicatamente dell'improvvisa scomparsa del signor Collins. Gli studenti ascoltarono con gli occhi spalancati, alcuni iniziando a piangere. Il cuore di Elizabeth si spezzò per la giovane Amy e tutte le vite innocenti sconvolte da questa tragedia.

Elizabeth tornò a casa e chiamò sua madre.

"Il signor Collins assassinato?" disse la madre di Elizabeth. "Oh cara, è terribile. Hanno arrestato qualcuno?"

"Non che io sappia," rispose Elizabeth.

"Beh, stai attenta tesoro, non è da Worthington."

"Va bene, Madre," replicò Elizabeth.

"A proposito, il funerale di zia Gracie sarà questo sabato al cimitero di Walnut Grove. La funzione sarà alla Cattedrale di San Giuseppe nel centro di Columbus. Ti spedirò i dettagli. Ti voglio bene tesoro."

"Ti voglio bene anch'io, madre." sospirò Elizabeth.

Elizabeth poi camminò su per la strada fino al Lady Alice Beauty Salon, situato al 693 ½ di High Street, per il suo appuntamento per i capelli con Jane.

Il salone era in fermento per le chiacchiere sull'sciocante omicidio mentre Elizabeth si sedeva sulla sedia di Jane.

"Ho sentito che il povero signor Collins è stato pugnalato e è inciampato dentro casa ed era morto prima di toccare il pavimento," disse Clara, la manicure, a bassa voce.

Jane fece schioccare la lingua mentre massaggiava il cuoio capelluto di Elizabeth. "Dicono che sua moglie sia tornata a casa e l'abbia trovato in una pozza di sangue! Ucciso con il suo coltello da cucina. Riesci a immaginare? Sarei svenuta morta sul posto."

"Questa è la cosa più grande successa a Worthington da quando l'aereo Spirit of Columbus atterrò su High Street nel '28!" disse un'altra donna.

"Sanno per certo che è stato quel vagabondo, Hobo Jeff?" chiese Pearl, agitando i suoi ricci a spillo sotto la cappa dell'asciugacapelli.

"È quello che sta dicendo la polizia," rispose Jane, risciacquando lo shampoo dai capelli di Elizabeth.

Elizabeth rimase in silenzio mentre le donne speculavano, la sua mente in subbuglio.

"Hobo Jeff," pensò, "Era dall'altra parte della città durante l'omicidio Collins. Non sembra quadrare."

Tutto intorno al salone, gli asciugacapelli ruggivano come motori di aeroplani, punteggiati dal click delle forbici e da una zaffata di pungente soluzione per la permanente.

Jane poi disse, "Il sindaco Henderson farà un discorso al Jones Building stasera alle 7. Ci andrai, Elizabeth?"

"Penso che sarebbe una buona idea," rispose Elizabeth.

"Oh, a proposito, chi era quell'uomo affascinante che stavi fissando al New England Inn l'altra sera?" chiese Jane.

Infastidita, Elizabeth rispose, "Non è nessuno!"

"Beh, certamente lo stavi guardando con interesse. Forse dovresti provare la nuova fragranza che abbiamo appena ricevuto. Si chiama Chantilly di Houbigant. Prende il nome dal pizzo francese," disse Jane con un occhiolino.

"No grazie, Jane. Sono una donna fidanzata!" disse Elizabeth, scuotendo la testa.

Dopo aver lasciato il salone, Elizabeth camminò lentamente verso casa, infreddolita fino alle ossa. Rabbrividì, incerta se fosse per il vento freddo o per il velo di violenza che era sceso così inaspettatamente sulla sua pacifica comunità. Mentre si avvicinava a casa sua, fu sorpresa di vedere la motocicletta di George sul vialetto e George che aspettava sui gradini d'ingresso, cappello in mano.

"Elizabeth! Sono venuto non appena ho sentito la terribile notizia," disse, correndo incontro a lei.

"Stai bene? Questa è una faccenda proprio orribile con il signor Collins. E la povera Amy senza un padre ora..." George si interruppe, scuotendo la testa.

"Sono ancora sotto shock," rispose Elizabeth. "È tutto così irreale." George le strinse forte la mano. "Beh, non preoccuparti, sono qui ora. Anticiperemo la data del matrimonio e ti porterò via in sicurezza da questo posto terribile. Non lascerò la mia promessa sposa vivere da sola con un assassino in libertà."

Elizabeth si morse la lingua. Sapeva che George aveva buone intenzioni, ma la sua immediata insistenza nell'accelerare i piani di matrimonio la irritava. C'erano ferite molto più profonde qui che non potevano essere risolte da un affrettato matrimonio di convenienza.

Vedendo la sua espressione stanca, George si ammorbidì. "Perdonami, hai passato una prova. Entra e riposati, mia cara. Ne parleremo di più domani." Le strinse la mano e partì con la sua motocicletta.

Elizabeth lo guardò andare via con sentimenti contrastanti prima di entrare finalmente in casa.

Esausta, iniziò a preparare la cena per sé prima del discorso del sindaco. Mentre stava lavando le verdure, si sentì bussare alla porta d'ingresso.

"George di nuovo," pensò con uno sbuffo impaziente, asciugandosi le mani per andare ad aprire. Ma quando aprì la porta, era Samuel che stava davanti a lei, il viso segnato dalla preoccupazione.

"Samuel!" esclamò Elizabeth, improvvisamente stordita.

"Elizabeth, perdonami per essere venuto così all'improvviso. Sono venuto non appena ho sentito del signor Collins," disse, le parole che uscivano di fretta. "Dovevo assicurarmi che stessi bene."

Elizabeth rimase immobile per un momento, il polso accelerato. Poi, prima che potesse pensare, fece un passo avanti e lo abbracciò, tutte le tumultuose emozioni degli ultimi giorni che traboccavano.

Samuel si irrigidì per la sorpresa prima di avvolgerla con le braccia. "Shhh, va tutto bene. Sono qui ora." mormorò in modo rassicurante. Quando le sue lacrime si furono placate, Elizabeth si sentì arrabbiata. Lo spinse via.

"Non ti sei nemmeno preoccupato di scrivere o chiamare dopo tutti quegli anni!" gridò.

"Elizabeth, tesoro, c'era la Grande Depressione. Non sapevo se sarei mai tornato. Non aveva senso cercare di aggrapparsi a qualcosa quando non avevo speranza. Volevo che tu trovassi un ragazzo che ti piacesse, non che sprecastti il tuo tempo ad aspettarmi. Sarebbe stato ingiusto ed egoista da parte mia cercare di farti aspettare."

Samuel abbracciò Elizabeth, sopraffatto dall'emozione.

"Mi dispiace anche sentire della scomparsa di tuo padre. Me l'ha detto mio zio." disse Samuel.

"Ci sono stati molti cambiamenti, Samuel, da quando eri qui. Sono passati cinque anni!" replicò Elizabeth quasi in lacrime.

"Sei anche un'insegnante?" chiese Samuel.

"Sì, insegno da qualche anno ormai," rispose Elizabeth mentre la sua mente correva con i pensieri.

"E tua madre?" chiese Samuel.

"È andata a Cincinnati quando mia zia Gracie si è ammalata. Mia zia è appena morta," disse Elizabeth.

"Mi dispiace sentirlo, anche questo." Samuel replicò mentre la fissava profondamente negli occhi.

Dopo alcuni momenti di silenzio, Elizabeth menzionò che doveva andare presto al discorso del sindaco.

"Sì, dovresti andare a sentire cosa dice il sindaco. Ma possiamo parlare di più dopo?" Elizabeth annuì, tamponandosi gli occhi.

Proprio allora, Betty apparve sul marciapiede. "Oh Elizabeth, stavo venendo a camminare con te..." si fermò di colpo, vedendo Samuel.

"Beh, non ci posso credere! Se non è Samuel Lewis tornato a Worthington!" esclamò Betty. Voltandosi verso Elizabeth con un sorriso consapevole aggiunse, "Possiamo tutti camminare insieme fino al Jones Building."

"Il Jones Building?" chiese Samuel.

"Oh, è dove il villaggio affitta una stanza finché non avremo un vero edificio del municipio." rispose Betty.

I tre camminarono su per New England Avenue. Betty indicò una casa di mattoni inclinata a sud del New England Inn.

"Quella è la Snow House, Samuel. Non so se ti ricordi la famiglia Snow, ma si sono trasferiti recentemente." disse Betty.

"Non li conoscevo ma so che la famiglia era attiva nei Massoni." rispose Samuel.

Betty mantenne una chiacchierata allegra, permettendo a Elizabeth e Samuel di camminare in un silenzio riflessivo, le mani che si sfioravano occasionalmente. Il Jones Building si trovava appena a sud del Red and White. Salirono al secondo piano. Il familiare calore della sua presenza sollevò lo spirito di Elizabeth mentre si affrettavano a ottenere risposte sull'ombra che incombeva sul villaggio.

L'edificio era stracolmo di residenti cupi in cerca di risposte. Elizabeth, Samuel e Betty si sistemarono in sedie strette mentre il sindaco Henderson saliva sul podio in piedi accanto al capo della polizia Engel e all'agente Jameson.

La sala rivestita in legno presentava bandiere e festoni patriottici che incorniciavano il palco. I dipinti, appesi alla parete che raffiguravano la storia di Worthington, brillavano nella luce serale. Nonostante la grandiosità, un'atmosfera inquieta permeava lo spazio.

Il sindaco Henderson alzò le mani per chiedere silenzio. Il suo viso rotondo era insolitamente grave mentre si preparava a rivolgersi alla sala affollata.

"Amici miei, questo è un momento oscuro per il nostro bel villaggio," iniziò pesantemente. "Come sapete tutti, Worthington ha perso uno dei suoi ieri notte in un atto di violenza veramente riprovevole contro il banchiere signor Frank Collins."

Il capo della polizia Engel annuì mentre stava accanto al sindaco nella sala affollata. Mormorii si alzarono dal pubblico mentre il sindaco descriveva ciò che si sapeva dell'accoltellamento. Il sindaco affermò che Jeff, il vagabondo del villaggio, era in custodia e che la polizia credeva fosse una rapina andata male. Ma le indagini erano in corso. Offrendo le sue condoglianze alla famiglia Collins, lui insieme al capo Engel giurarono di perseguire la giustizia instancabilmente.

Mentre Elizabeth ascoltava, notò che i dettagli ancora non quadravano del tutto. Aveva visto Hobo Jeff fuori dalla stazione di Worthington che mangiava sotto la pioggia poco prima dell'omicidio. Era un ubriaco ma non era mai stato incline alla violenza. Inoltre, ci sarebbero voluti almeno 25 minuti per camminare dall'altra parte della città per arrivare a casa Collins. Non aveva mai soldi per un taxi e sicuramente non era un buon corridore.

Quando il sindaco finì il suo discorso, un applauso educato echeggiò nella sala. Ma una corrente di disagio rimaneva palpabile. La pace di Worthington era stata infranta, e sarebbe stata una lunga strada per tornare alla normalità.

Mentre la folla usciva dal municipio, Elizabeth notò George che aspettava vicino ai gradini, il suo viso come una nuvola tempestosa. Prima che potesse reagire, lui si diresse verso di loro.

"Elizabeth! Che significa questo?" George domandò, guardando male Samuel. "Pensavo di aver chiarito i miei sentimenti su questo mascalzone molto tempo fa."

"Bello rivederti anche te, George! È passato molto tempo dalle superiori," commentò Samuel.

George si irritò ma Elizabeth si mise tra loro. "George, per favore, Samuel mi sta solo accompagnando come amico. Possiamo non fare questo ora?"

"Assolutamente no!" George si infuriò. "Arrivo per confortare la mia promessa sposa e la trovo che fraternizza con feccia del suo passato. Non lo tollererò!"

I due uomini sembravano pronti a venire alle mani. Agitata, Betty cercò di calmare la situazione ma George si rifiutò di ascoltare.

"Ricorda le mie parole, Elizabeth, frequentare questo vagabondo ti porterà solo alla rovina," George sputò. "E tu, Samuel, torna nel tuo West polveroso!" George urlò mentre se ne andava infuriato.

Elizabeth rimase tremante, Samuel che le stringeva la mano in modo solidale. Betty offrì uno sguardo di scuse. "Oh cielo, portiamoti a casa. Quel George è solo fonte di guai."

Dopo il teso incontro, Samuel cercò di alleggerire l'umore invitando Elizabeth e Betty a bere qualcosa al New England Inn. Ma Elizabeth declinò, il dramma della serata aveva prosciugato le sue energie.

"Dovrei andare a casa. È stata una giornata intensa," disse stancamente.

"Lasciate almeno che vi accompagni," offrì Samuel. Elizabeth annuì con gratitudine e i tre passeggiarono lungo New England Avenue.

Alla porta di Elizabeth, Samuel le prese delicatamente le mani. "So che abbiamo molto di cui discutere. Possiamo incontrarci domani sera? Posso passare di nuovo." Elizabeth riuscì a fare un piccolo sorriso. "Certo."

Samuel sorrise di rimando, il familiare calore che raggiungeva i suoi occhi. "Sarà meraviglioso parlare veramente di nuovo. Riposati, Elizabeth."

I due si abbracciarono mentre Betty guardava sorridendo.

"Buonanotte, signore!" disse Samuel prima di scendere il vialetto.

Dopo che lui se ne fu andato, Betty infilò il braccio in quello di Elizabeth. "Vieni a bere una cioccolata calda cara, calma i nervi dopo tutta questa eccitazione." Elizabeth accettò prontamente, desiderando la presenza rassicurante della sua saggia vicina.

Le due donne si sedettero presto cullando tazze nella accogliente cucina di Betty, contemplando gli eventi drammatici della giornata.

Mescolando la sua cioccolata, Elizabeth si ricordò improvvisamente di un altro importante dettaglio della notte dell'omicidio.

"Betty, c'è dell'altro. Subito dopo aver sentito l'orribile urlo, ho visto qualcuno correre su per la strada. Una figura ombreggiata tutta in nero. C'era un oggetto nella sua mano."

Gli occhi di Betty si allargarono. "Davvero? Beh, questo è molto significativo! Pensi che fosse Hobo Jeff?"

Elizabeth scosse la testa. "No, avevo appena visto Hobo Jeff alla stazione di Worthington. Non indossava un trench scuro come questo tizio. Ora che ci penso, era sicuramente qualcuno che fuggiva dalla scena."

"Devi dirlo immediatamente all'agente Jameson," consigliò Betty. "Non solo riguardo a dove si trovava Hobo Jeff, ma anche di questo misterioso estraneo che hai visto. Potrebbe far luce sul caso!"

"Hai ragione," concordò Elizabeth, sentendosi energizzata da questa nuova pista. "Domattina andrò subito da Jameson e gli dirò tutto. Se posso gettare dubbi sulla colpevolezza di Jeff, forse guarderanno più da vicino altri sospetti."

Le due donne rimasero sveglie fino a tarda notte mettendo insieme indizi e cercando di dare un senso al sconcertante crimine che aveva scosso il loro tranquillo villaggio.

Mentre le loro tazze vuote si raffreddavano, gli occhi di Betty assunsero un bagliore di determinazione. "Se vuoi andare a fondo di questa faccenda, sarei felice di aiutarti a indagare."

Corse all'armadio e ne emerse con una robusta torcia di metallo. "Possiamo essere come detective - Holmes e Watson!" dichiarò Betty, accendendo la luce e tenendola sotto il mento come un cattivo in un film drammatico.

Elizabeth non poté fare a meno di ridacchiare per le buffonate della sua eccentrica vicina. "Va bene Detective Betty, sei nel caso," disse allegramente.

Salutando la sua partner, Elizabeth tornò a casa sentendosi sollevata. Ma un brivido la percorse quando vide la casa buia e chiusa dei Collins. L'assassino era ancora là fuori da qualche parte.

Rabbrividì e si affrettò dentro, rassicurata che la loro piccola squadra improvvisata di detective avrebbe scoperto la verità e ristabilito l'ordine a Worthington ancora una volta.

Martedì mattina, Elizabeth si affrettò alla stazione di polizia, determinata a condividere la sua testimonianza oculare. Fu subito accompagnata alla scrivania dell'agente Jameson.

Elizabeth descrisse di aver visto una figura misteriosa fuggire su per la strada subito dopo che l'urlo aveva squarciato la notte. Jameson ascoltò attentamente, prendendo appunti.

"È piuttosto curioso, signora, ma rimaniamo certi di aver preso il colpevole," disse Jameson. Spiegò che un coltello insanguinato era stato trovato vicino alla baracca di Hobo Jeff e identificato dalla signora Collins come il loro.

"So quello che ho visto," insistette Elizabeth. "E so che Jeff era alla stazione quando è successo, troppo ubriaco per arrivare a casa dei Collins. Qualcun altro ha ucciso il signor Collins e ha piantato quel coltello per incastrare Jeff!"

Ma Jameson scosse semplicemente la testa. "Caso chiuso per me. Passeremo la sua dichiarazione al capo, ma non mi aspetto che cambierà molto."

Frustrata, Elizabeth lasciò la stazione. Se la polizia non avesse ascoltato, era più determinata che mai a provare l'innocenza di Jeff e a consegnare il vero assassino alla giustizia.

Mentre Elizabeth si girava per andarsene, l'agente Jameson la richiamò. "Un momento, signora. L'indagine è in realtà guidata da un detective dell'Unità Omicidi dell'Ufficio dello Sceriffo della Contea di Franklin."

Questo suscitò l'interesse di Elizabeth. "Chi è il detective? Potrei parlargli?"

Jameson scosse la testa con aria di scusa. "Dovrà parlarne con il capo. Ma nel frattempo, Hobo Jeff è nella nostra cella di detenzione temporanea se vuole parlargli."

Desiderosa, Elizabeth chiese se poteva vedere Jeff immediatamente. Jameson acconsentì e la condusse alla cella angusta dove un Jeff trasandato sedeva accigliato sulla branda.

"Hai una visitatrice, Jeff. È la signorina Elizabeth Russo." annunciò Jameson, aprendo la porta dell'area di detenzione. Rimase vicino alle sbarre mentre Elizabeth stava fuori dalla cella. Gli occhi di Jeff si allargarono per la sorpresa quando la riconobbe.

"Signorina Russo, deve credermi, non ho ucciso nessuno!" esclamò Jeff.

Elizabeth si avvicinò. "Dimmi solo cosa è successo domenica sera?" disse gentilmente.

"Pioveva terribilmente quella notte," spiegò Jeff con uno sguardo lontano. "Stavo cercando di accendere un fuoco e cucinare dei fagioli, ma la legna era troppo bagnata. Ho finito per bere la maggior parte del mio whiskey solo per riscaldarmi."

Scosse tristemente la testa. "Devo essere svenuto per un po'. Quando mi sono svegliato era tardi. La mattina dopo la polizia è arrivata dicendo che avevano trovato un coltello fuori dalla mia baracca e poi sono stato arrestato per omicidio!"

Jeff si torceva le mani angosciato. "Ma non ho mai lasciato la mia baracca per tutta la notte, lo giuro! E non ho mai visto quel coltello. Qualcuno sta cercando di incastrarmi per questa cosa."

Elizabeth gli diede una pacca sulla spalla. "Ti credo, Jeff. Scopriremo cosa è successo davvero. Resisti."

Lasciando la cella, Elizabeth si sentì ancora più motivata a scoprire la verità. Jeff era un innocuo vagabondo locale, non un killer violento. E lo avrebbe dimostrato.

Dopo qualche altro minuto, l'agente Jameson disse: "Il tempo è scaduto, signorina Russo, devo chiederle di andarsene ora."

Mentre Jameson la accompagnava fuori, Elizabeth disse con fermezza: "Quel coltello è stato messo lì per incastrare Jeff, ne sono sicura."

Jameson scosse la testa. "Non può essere, signora. C'era solo un set di impronte nel fango fuori dalla sua baracca dove abbiamo trovato il coltello. Quelle impronte appartengono a Jeff."

La mente di Elizabeth vorticava mentre camminava lentamente tornando a scuola nel tempo insolitamente caldo d'autunno. Un solo set di impronte... sembrava implicare Jeff senza dubbio. Eppure il suo istinto le diceva ancora che il vagabondo era innocente. Doveva esserci una spiegazione.

Elizabeth era più determinata che mai ad andare a fondo di questo mistero. Se solo avesse potuto mettere insieme tutti i pezzi del puzzle, forse avrebbe avuto le risposte.

Arrivando in ritardo a scuola, Elizabeth trovò i suoi studenti insolitamente sommessi, la sedia della piccola Amy ancora vuota. La tragedia dei Collins pesava molto sulla classe. Sperando di sollevare il loro morale, Elizabeth invitò la classe della signorina Greener a unirsi alla sua per una gita a mangiare il gelato all'ora di pranzo.

I volti dei bambini si illuminarono immediatamente alla prospettiva. Mentre il sole splendeva, attraversarono con entusiasmo Granville Road e poi High Street per raggiungere il Birnie's Drug Store per un po' di gelato Telling's. Mentre entravano nel negozio, i deliziosi profumi si diffondevano attraverso la porta facendo venire l'acquolina in bocca.

Mike, l'uomo dietro il bancone, li salutò allegramente, servendo abbondanti palline di cremose delizie - cioccolato, fragola, pistacchio. Il gioioso chiacchiericcio dei bambini si alzava sopra il frastuono del negozio affollato.

Con i dolci in mano, si diressero al Village Green per godersi i loro freddi dessert sotto il caldo sole autunnale. Mentre mangiavano, Danny, il liceale locale che aveva scattato la foto dell'incidente d'auto, passò e offrì di fare una foto alle classi. I bambini sorrisero radiosi con i visi appiccicosi.

Per un momento, l'ombra su Worthington si sollevò. Elizabeth era felice di riportare un po' di leggerezza nelle giovani vite dei suoi studenti. La loro innocenza meritava protezione.

Assaporò una leccata di dolce gelato alla vaniglia, preparandosi per le sfide ancora da affrontare nello scoprire la verità. I bambini ridevano e chiacchieravano ad alta voce mentre divoravano i loro coni gelato, gocce che colavano sulle loro piccole mani.

"Oh cielo, vi state sporcando tutti!" esclamò Elizabeth divertita. "Signorina Greener, potrebbe passarmi un fazzoletto da quella scatola Sitroux?"

"Certo." rispose la signorina Greener, afferrando la scatola di fazzoletti a stampa floreale e passandone diversi a Elizabeth.

Elizabeth pulì delicatamente il gelato che colava dalle mani e dai visi di ogni bambino, la macchia rosso ciliegia che si allargava sui fazzoletti. I bambini si agitavano ma pazientemente le permettevano di pulirli.

"Ecco fatto, tutti freschi e puliti di nuovo." dichiarò Elizabeth, infilando i fazzoletti sporchi nella sua borsetta. Gli studenti balzarono in piedi per riprendere a giocare, rinvigoriti dal dolce.

Elizabeth li guardava con affetto, il morale sollevato dalla loro gioia resiliente. Con un po' di gelato e risate, avevano trovato un momento di normalità in mezzo all'oscurità e ai problemi della città.

Dopo la loro dolce pausa sul Green, le campane della Chiesa Presbiteriana di Worthington iniziarono a suonare l'una.

"Va bene bambini, è ora di tornare a scuola," annunciò Elizabeth, raccogliendo i loro rifiuti. I rintocchi risonanti echeggiavano giù per la collina mentre iniziavano il cammino di ritorno.

Gli studenti saltellarono felicemente, ogni traccia appiccicosa del loro dolce scomparsa. Il loro giovane chiacchiericcio si mescolava con i rintocchi ritmici delle campane.

Mentre attraversavano Granville Road, l'imponente edificio della scuola apparve alla vista. Le campane tacquero mentre l'ultimo bambino rientrava nell'edificio.

Elizabeth li guardò con affetto mentre tornava in classe, le risate innocenti che ancora risuonavano nelle sue orecchie. Per ora, l'oscurità che aveva attanagliato Worthington si ritirava ai margini della sua mente. Ma sapeva che i misteri rimanevano da svelare prima che la pace potesse tornare completamente.

Dopo la scuola, Elizabeth camminò pensierosa verso casa, riflettendo su tutto ciò che era accaduto negli ultimi giorni. Cenò e poi si sedette sul divano per esaminare i numeri delle vendite del negozio. Sperava di incontrare Samuel più tardi quella sera ma non avevano fatto piani concreti. La sua testa oscillava tra il sonno e la veglia per essere stata sveglia fino a tardi la notte prima. Elizabeth si svegliò per un colpo alla porta. Mentre si alzava, guardò l'orologio. Erano già le 20:15. Camminò verso la porta d'ingresso e la aprì. Lì, c'era Samuel che teneva un mazzo di bellissimi fiori.

"Questi sono per te," disse con un sorriso. "Posso entrare?"

"Certo. Prego, accomodati," rispose Elizabeth con grazia, facendolo entrare. Mise i fiori in acqua e lo raggiunse al tavolo della cucina.

"Oggi ho parlato con la polizia e quel vagabondo Jeff," iniziò. "Jeff insiste di essere innocente e sono certa che stia dicendo la verità."

Descrisse a Samuel di aver visto la misteriosa figura in fuga dopo l'urlo. "Era troppo tardi perché Jeff fosse arrivato lì; lo so. Qualcun altro ha ucciso il signor Collins e ha incastrato Jeff. Devo solo provarlo."

Samuel annuì pensieroso. "Sembra effettivamente sospetto. Cosa posso fare per aiutare ad andare a fondo di questa faccenda?"

Proprio mentre Elizabeth e Samuel stavano discutendo delle piste, un colpo urgente arrivò alla porta. Elizabeth aprì per trovare Betty, torcia in mano. "Sono pronta per investigare!" dichiarò.

Un'idea colpì Elizabeth. "Andiamo a esaminare l'area intorno alla stazione di Worthington dove si trovava Hobo Jeff quella notte."

Samuel si offrì di portarli con l'auto di suo zio parcheggiata davanti. Elizabeth prese una penna, un taccuino e la vecchia macchina fotografica di suo padre con il flash. Al riparo dell'oscurità nebbiosa, si fermarono vicino alla scena del crimine transennata. Quando scesero dall'auto, il suono di un fischio di treno echeggiò in lontananza.

La torcia di Betty tagliava un debole fascio attraverso l'oscurità mentre si avvicinavano al rifugio fatiscente di Jeff che probabilmente aveva assemblato con legno scartato dalla Potter Lumber dall'altra parte dei binari. Samuel rabbrividì accanto a Elizabeth. "È davvero inquietante qui di notte."

Elizabeth si sentì incoraggiata dalla sua solida presenza. "Jeff ha detto di aver visto un camion allontanarsi velocemente la notte scorsa. Forse possiamo trovare impronte di pneumatici."

Betty fece oscillare il fascio della sua torcia sul terreno scuro e nebbioso intorno alla baracca. Mentre passava sulla terra fangosa, la luce brillò su alcuni solchi profondi.

"Guardate lì!" esclamò Elizabeth, correndo verso il punto. Accovacciandosi, vide chiaramente che erano tracce di pneumatici impresse nel fango a pochi metri dalla baracca.

"Proprio come ha descritto Jeff, un veicolo è stato qui quella notte," disse eccitata. Samuel annuì, esaminando attentamente le tracce.

Elizabeth tirò rapidamente fuori dalla borsa la macchina fotografica di suo padre. La posizionò con cura sopra le tracce degli pneumatici e fece scattare il flash, catturando l'evidenza su pellicola.

"Questa è la prova che Hobo Jeff diceva la verità riguardo all'aver visto un camion allontanarsi velocemente," disse Elizabeth.

"Seguiamo le tracce di fango per vedere dove portano," rispose Betty.

I tre seguirono le tracce degli pneumatici, che conducevano verso Granville Road.

I loro cuori battevano velocemente quanto il veicolo che era stato lì. La foto sembrava il primo passo per trovare una prova schiacciante a sostegno dell'innocenza di Jeff. Giustizia e verità erano alla loro portata.

Proprio mentre si stavano voltando per andarsene, una voce forte gridò "Ehi, voi!" Si girarono di scatto per vedere il lattaio Bailey che si avvicinava, dall'aspetto severo fuori dalla sua uniforme.

"Questa è una scena del crimine attiva, è meglio che voi gente stiate lontano," li rimproverò. Mormorarono delle scuse e si affrettarono verso l'auto.

Samuel sussurrò, "Credo sia meglio svignarcela prima che Sherlock Osso qui risolva il caso." Nonostante tutto, Elizabeth dovette trattenere un sorriso.

Al sicuro in macchina, i loro polsi correvano mentre si allontanavano nella notte. Samuel accompagnò Betty a casa ringraziandola per il suo aiuto.

Sola con Samuel al chiaro di luna, Elizabeth si sentì improvvisamente a disagio. Alla sua porta, lui la guardò intensamente. "Non mi inviti ad entrare?"

Esitò, confusa. "È piuttosto tardi. E dopotutto sono ancora una donna fidanzata."

Samuel sembrò deluso ma le strinse semplicemente la mano. "Hai ragione, Elizabeth, ma c'è qualcosa in te."

In quel momento Samuel abbracciò Elizabeth e chinò la testa per baciarla. Elizabeth spostò la testa per evitare il bacio ma poi si rimise di fronte a Samuel. Le loro labbra si toccarono e condivisero un momento profondamente passionale. Poi lo spinse via.

"Sam, non posso, non posso farlo. È una cattiva idea. Buonanotte."

Samuel rimase in piedi silenziosamente e iniziò a camminare verso l'auto.

Elizabeth chiuse la porta d'ingresso e si appoggiò ad essa, la mente che le girava. Il breve bacio di Samuel aveva risvegliato un torrente di emozioni dentro di lei - confusione, esaltazione, desiderio, e anche paura. Paura di cosa significassero questi sentimenti, ora che si era promessa a un altro uomo.

Si toccò le labbra, ancora formicolanti per il contatto tenero ma fugace. Era stato solo un piccolo momento di affetto, eppure minacciava di sconvolgere tutto ciò che Elizabeth pensava di volere nella vita.

Staccandosi dalla porta, Elizabeth si occupò di prepararsi per andare a letto, cercando di ignorare il calderone di emozioni che ribolliva dentro. Ma mentre giaceva fissando il soffitto, immagini di Samuel continuavano a intromettersi nei pensieri del suo devoto fidanzato, George.

Cercando conforto, Elizabeth allungò la mano e strinse la collana che zia Gracie le aveva regalato. Poteva quasi sentire la presenza rassicurante di sua zia mentre strofinava il pollice sul ciondolo. Poteva quasi rivedere zia Gracie.

"Oh, zia Gracie, vorrei che fossi qui per consigliarmi," sussurrò Elizabeth nell'oscurità. Una singola lacrima le scese sulla guancia mentre continuava a stringere forte il ricordo.

Elizabeth ripassò nella sua mente le parole sagge di Gracie: "Segui dove ti conduce il tuo cuore." Il suo cuore anelava Samuel, eppure il dovere e l'obbligo la tiravano verso George. Le forze opposte combattevano dentro di lei.

Stringendo la collana come un talismano, Elizabeth pregò per avere forza e discernimento. Confidava che col tempo, la nebbia confusa delle emozioni si sarebbe dissolta, rivelando la strada da seguire. Per ora, traeva conforto dal dono di Gracie e dall'amore che rappresentava. Infine, esausta, Elizabeth si addormentò.

Capitolo 6: "Disturbo nel Bosco"

Elizabeth si svegliò presto per accendere la stufa e riscaldare l'acqua per il tè. Sperava che avrebbe placato i suoi pensieri contrastanti. Poteva ancora sentire le labbra di Samuel premute sulle sue. Il freddo autunnale si stava insediando, le foglie si trasformavano in tonalità abbaglianti fuori dalla sua finestra. Il turbinio delle foglie e delle sue emozioni persisteva e Halloween sarebbe arrivato prima che se ne rendessero conto.

Il bollitore pieno d'acqua iniziò a scaldarsi. Un debole sussurro di vapore iniziò a salire mentre la base metallica si riscaldava lentamente. Il bollitore tintinnava dolcemente.

Gradualmente i rumori divennero più forti. Proprio mentre il bollitore iniziava a emettere un fischio acuto, un improvviso tonfo sul portico d'ingresso fece sobbalzare Elizabeth.

Si precipitò alla finestra e sbirciò fuori. C'era il lattaio, il signor Bailey, che posava rapidamente le bottiglie sui suoi gradini prima di salire sul suo camion della Gabel Dairy in attesa. Elizabeth lo guardò mentre si allontanava con un piccolo cenno. Aprì la porta d'ingresso per trovare le bottiglie di latte fresco sul gradino, la condensa già si formava sul vetro. Si chinò per prendere le bottiglie di latte e il giornale del mattino.

Alzando lo sguardo, notò il signor Bailey in fondo alla strada nel suo camion delle consegne. Le ruote posteriori sul lato del conducente erano ricoperte di fango. Qualcosa nel camion del lattaio non quadrava.

Il bollitore ora fischiava insistentemente. Elizabeth si affrettò a toglierlo dal fornello prima che il fischio diventasse assordante. Mentre versava l'acqua fumante nella sua tazza da tè, decise di raccontare a Betty dell'osservazione insolita.

Elizabeth ripensò alla notte precedente alla Stazione di Worthington. Il lattaio Bailey si era avvicinato inaspettatamente mentre stavano indagando. Rabbrividì leggermente, ricordando l'inquietante incontro.

Mentre si sedeva al tavolo della cucina, Elizabeth aggiunse un goccio di latte e un pizzico di zucchero al suo tè. Avrebbe dovuto tenere d'occhio il troppo zelante lattaio. I suoi pneumatici fangosi suggerivano che anche lui poteva aver visitato recentemente la scena del crimine.

Sorseggiando la bevanda calda, Elizabeth si preparò per un'altra giornata di risoluzione del mistero di Worthington. Ma prima di farlo, doveva sfogliare il giornale di Worthington. Sorseggiando il suo tè, Elizabeth spiegò il giornale del mattino. La prima pagina recava un titolo solenne: "Il banchiere Collins sarà sepolto oggi, sospetto assassino arrestato". Notava che il signor Collins lasciava la moglie e la figlia, e che si potevano fare donazioni per sostenere la famiglia in lutto.

Posando il giornale, Elizabeth telefonò ai Taxi di Worthington per richiedere un passaggio al cimitero. Aveva deciso di rendere omaggio alla tomba di Gracie questa mattina e di incontrare suo zio e sua madre lì prima del servizio funebre.

Indossando un vestito nero, la collana che zia Gracie le aveva dato, e una giacca, Elizabeth chiuse a chiave e salì nel taxi in attesa. Il viaggio verso il cimitero di Walnut Grove fu silenzioso, dandole il tempo di raccogliere i suoi pensieri. Quando arrivarono ai cancelli di ferro battuto del cimitero, Elizabeth poteva vedere i dolenti riuniti fuori per il funerale del signor Collins. Elizabeth scese silenziosamente dal taxi lontano dal raduno e diede una mancia di un quarto di dollaro al suo autista.

Mentre camminava lentamente oltre il servizio dei Collins, offrì una preghiera silenziosa per la famiglia in difficoltà. Anche se non andava d'accordo con la signora Collins, non avrebbe mai augurato nulla di simile a ciò che avevano vissuto per nessuna famiglia. Mentre Elizabeth passava oltre il raduno per il signor Collins, la piccola Amy improvvisamente si staccò da sua madre e corse verso di lei. Nonostante l'ambiente cupo, Amy sorrideva da orecchio a orecchio.

"Signorina Russo! Signorina Russo! Il dottor Bently dice che porterà me e la mamma a Hollywood così potrò diventare una star del cinema!" esclamò senza fiato.

Elizabeth mascherò la sua sorpresa, rispondendo semplicemente "Che bello per te, cara." In verità, trovava strano che il ricco dottor Bently, il medico del villaggio, avesse improvvisamente preso tanto interesse per la famiglia Collins. Forse, però, stava cercando di aiutarli mentre erano in lutto.

Proprio allora, la signora Collins notò l'assenza di Amy e si affrettò a raggiungerla, rimproverandola per farla tornare al gruppo del funerale. Elizabeth offrì un cenno educato prima di continuare. Camminò più in profondità nella parte più antica e circolare del cimitero. Gli alberi erano più grandi e c'erano persone sepolte lì fin dalla Guerra del 1812. Ogni Giorno della Decorazione la parata finiva in quella sezione dove veniva reso un tributo ai soldati caduti che avevano dato il sacrificio supremo per il paese. Le foglie coprivano il terreno con una bellissima gamma di colori. Zia Gracie non avrebbe potuto avere una giornata più bella per essere sepolta nel cimitero.

"Elizabeth!" chiamò sua madre da lontano. Elizabeth alzò la testa e vide sua madre in piedi con lo zio Herbert sotto una grande quercia. Volevano incontrarsi nel cimitero per ispezionare il luogo di sepoltura prima del servizio in chiesa e della sepoltura. Elizabeth salutò entrambi con un abbraccio. Ci fu uno sguardo di tristezza da parte dello zio

Herbert, ma quando si tirò indietro per guardare Elizabeth un grande sorriso apparve sul suo viso.

"Hai indossato la collana di tua zia. Ne sarebbe stata entusiasta," disse. I tre si tennero per mano e condivisero un momento di silenzio per Gracie. Fu sufficiente per dar loro l'energia di arrivare al servizio in chiesa.

"Va bene signore, abbiamo un appuntamento da rispettare," disse lo zio Herb mentre faceva cenno alle due di salire sulle porte aperte della sua Studebaker. Le portò alla Cattedrale di San Giuseppe nel centro di Columbus per il servizio. Le campane della chiesa suonarono mentre passavano davanti al carro funebre in attesa fuori. Svoltarono nel parcheggio della cattedrale.

Mentre i tre entravano, l'organo risuonava all'interno della chiesa. I suoni delle scarpe con i tacchi alti di sua madre e di Elizabeth risuonavano sul pavimento di granito. Mentre camminavano verso il banco in prima fila, le persone si avvicinavano per salutarli. Molte più persone si presentarono al servizio di quanto Elizabeth avesse previsto. Anche se Gracie era cresciuta a Worthington, erano passati diversi decenni da quando si era trasferita a Cincinnati per vivere con Herb prima della Grande Depressione. Aveva ancora molti amici del liceo in città e molti avevano fatto il viaggio dal sobborgo di Cincinnati, Price Hill. Era sua intenzione essere sepolta a Walnut Grove accanto ai suoi genitori. Herb voleva che fosse felice e ottenne un lotto accanto al suo.

Elizabeth sedeva con sua madre e lo zio Herbert nella chiesa silenziosa, strofinando distrattamente la collana di Gracie tra le dita.

"Gracie sarebbe così commossa nel vederti indossare quella," sussurrò sua madre. Elizabeth annuì, un nodo che si formava nella sua gola.

All'improvviso, il silenzio solenne fu squarciato dal rombo di una motocicletta che si fermava fuori. Le porte cigolarono e pesanti passi echeggiarono lungo la navata. C'era George, vestito con una giacca di pelle nera.

"Scusate il mio ritardo," mormorò, stringendosi accanto a una Elizabeth costernata.

Mentre l'inno di apertura iniziava, Elizabeth si guardò indietro e notò Samuel che stava rispettosamente in piedi nell'ultimo banco. I loro occhi si incontrarono brevemente e lui fece un piccolo cenno di comprensione.

Il sacerdote iniziò la messa con una breve preghiera sulla fragilità della vita e la speranza della pace eterna. "Anche se Gracie ha lasciato questa terra, il suo spirito continuerà a vivere nei nostri cuori e nei nostri ricordi," proclamò.

La brillante luce del sole che filtrava attraverso le vetrate colorate spargeva colore intorno alla chiesa, come se il vigore di Gracie fosse lì tra loro. Elizabeth fu profondamente confortata immaginando sua zia a riposo in un bellissimo regno al di là di questo mondo.

Dopo il commovente servizio, il corteo funebre si snodò di nuovo verso il cimitero di Walnut Grove. Foglie in brillanti tonalità di rosso e oro cadevano dagli alberi come se i coriandoli della natura stessero salutando Gracie.

Presso la tomba, la bara fu delicatamente calata mentre le voci si alzavano nelle toccanti note di "Amazing Grace" un tributo appropriato allo spirito bellissimo di zia Gracie. Elizabeth versò lacrime catartiche, sua madre che le stringeva la mano in modo solidale.

Tornati a casa, Elizabeth e sua madre prepararono una cena a buffet per i membri della famiglia. Tacchino arrosto con ripieno di salvia, casseruola di patate dolci, fagiolini e panini caldi al burro con marmellata. I cibi preferiti di Gracie riempivano la casa di aromi confortanti.

Condivisero ricordi e si confortarono a vicenda fino a tarda sera. Anche se Gracie se n'era andata, la sua vivace impronta sui loro cuori rimaneva.

Dopo che gli ospiti e George se ne furono andati, Elizabeth si voltò verso sua madre. "Quando pensi che tornerai a Worthington ora che Gracie è morta?"

Sua madre fece una pausa pensierosa. "Cara, dopo sei mesi ho deciso di rimanere a Cincinnati. Sono piuttosto contenta lì con le mie amiche del club del bridge, la parrocchia cattolica a cui mi sono unita, e lo zio Herbert nelle vicinanze."

Elizabeth fu colta alla sprovvista. "Ma cosa ne sarà della casa qui?"

"Beh, tu e George ne avrete bisogno per formare una famiglia!" rispose sua madre in modo pratico. "Non vedo l'ora di visitare spesso i miei futuri nipoti."

Elizabeth si sentì a disagio per questa presunzione. In tutto il caos, aveva a malapena pensato di avere figli con George. L'idea non aveva più lo stesso fascino di una volta.

"Vedremo, madre. Passiamo prima attraverso il matrimonio," rispose Elizabeth con cautela. Sua madre sorrise semplicemente e le strinse la mano, persa in rosee visioni del futuro.

Ma privatamente, Elizabeth nutriva dubbi crescenti sul percorso a cui si era impegnata. Le possibilità da qui sembravano molto meno chiare.

Dopo una giornata emotivamente estenuante, Elizabeth augurò la buonanotte a sua madre. Sola nella sua camera da letto, la mente di Elizabeth turbinava con gli eventi del giorno.

Continuava a tornare all'affermazione della piccola Amy Collins che il dottor Bently pianificasse di portarle via a Hollywood e alla fama. Non aveva senso. Bently era un dottore solitario, non un magnate dell'intrattenimento. Da dove venivano queste promesse stravaganti? E come faceva ad avere i mezzi dopo che la Depressione aveva devastato così tante fortune?

Mentre la stanchezza la sopraffaceva, i pensieri frenetici di Elizabeth si confusero in sogni nebbiosi dove vide sua zia Gracie. Si voltò verso di lei con un caldo sorriso. "Sei sempre una nipote meravigliosa," rise leggermente. "Mi manchi, zia Gracie, vorrei sapere cosa fare."

Le strinse la mano. Il suo viso divenne serio. "Elizabeth, il tuo posto è combattere per la verità e la giustizia. C'è oscurità da conquistare a Worthington. C'è qualcosa di sporco in corso!" La sua immagine iniziò a svanire nella nebbia mentre Elizabeth gridava "Aspetta, cosa intendi?"

Elizabeth si svegliò di soprassalto, la pallida luce lunare che filtrava attraverso le tende. Le parole di sua zia persistevano come il profumo di una donna che aveva recentemente lasciato un edificio. Elizabeth pensò alla figura ombrosa che fuggiva dalla casa dei Collins - la chiave per svelare questo mistero. Se solo potesse esporre chiunque fosse che correva davanti a casa sua.

Il mattino arrivò troppo presto, sua madre che bussava alla porta. "Alzati e splendi, domenica mattina, è ora di prepararsi per la chiesa!" Elizabeth si strofinò gli occhi e si vestì lentamente; il corpo stanco ma lo spirito irrequieto. Aveva bisogno di parlare con Samuel e Betty della loro indagine amatoriale.

Dopo il servizio domenicale in chiesa, dove Elizabeth passò più tempo a sognare ad occhi aperti che a pregare, rifiutò di unirsi alla sua famiglia per il brunch. "Dovrei preparare le mie lezioni per domani," disse a sua madre. Ci fu un lampo di delusione, ma nessuna discussione. Abbracciò sua madre e lo zio Herbert e augurò loro un viaggio sicuro di ritorno a Cincinnati.

Finalmente, di nuovo sola, Elizabeth si cambiò indossando pantaloni pratici e una camicia, raccogliendo i capelli. Niente più distrazioni. Oggi avrebbe scoperto nuovi indizi, poteva sentirlo. La collana di zia Gracie sembrava brillare da dove giaceva sul suo comò.

"Augurami buona fortuna, Gracie," sussurrò Elizabeth. Immaginò sua zia che le faceva cenno di incoraggiamento mentre si avviava con determinazione verso il centro della città.

La strada principale brulicava di fedeli che socializzavano dopo i servizi. Elizabeth annuì educatamente e attese sul Village Green, appena fuori dalla Chiesa Presbiteriana di Worthington. Sperava di poter incontrare Samuel che usciva dal servizio domenicale.

Pochi istanti dopo, lui apparve camminando all'esterno con sua zia e suo zio, la fronte corrugata per la preoccupazione. Si avvicinò a Elizabeth.

"Elizabeth? È successo qualcosa?" chiese Samuel.

Elizabeth sorrise rassicurante. "Niente di nuovo. Ma dobbiamo incontrarci con Betty e confrontare le nostre note. Ci sono dei nodi da sciogliere."

Samuel, con aria preoccupata, disse poi: "Ti ricordi di mio zio Howard e mia zia Rosemary?"

"Come sta, Elizabeth? È meraviglioso rivederla," rispose lo zio Howard.

"È bello rivederla, signore," Elizabeth annuì.

Samuel si rilassò visibilmente. "Certo. Lasciami prendere il cappotto e andremo a chiamarla." Elizabeth attese impazientemente mentre lui si affrettava verso l'auto di suo zio. La loro indagine era rimasta inattiva troppo a lungo. Una nuova energia scorreva attraverso Elizabeth, spingendola in avanti.

Elizabeth e Samuel camminarono verso la casa di Betty. La porta si aprì dopo alcuni colpi decisi. "Beh, era ora che arrivaste voi due! Stavo iniziando a pensare che avrei dovuto risolvere questo mistero da sola," esclamò, facendoli entrare.

Davanti a un forte tè nero, misero in comune le loro conoscenze sul sconcertante omicidio. "Sappiamo che Hobo Jeff è innocente, ma non possiamo provarlo," raccontò Elizabeth. Betty intervenne "E la polizia è assolutamente certa di aver preso l'uomo giusto."

Samuel era stato silenzioso ma ora parlò. "Beh, avete pensato a qualche altro indizio dalla Stazione di Worthington? Il tizio che ci ha urlato contro l'altra notte era pazzo!" Elizabeth annuì vigorosamente e pensò al sogno che aveva fatto la notte scorsa. Zia Gracie aveva detto che stava succedendo qualcosa di sporco. Ecco, il camion del latte!

"Sembrava ansioso di tenerci lontani da quell'area. E questa mattina quando ha consegnato il mio latte, le sue ruote posteriori erano incrostate di fango." Elizabeth aggiunse gravemente: "Potrebbe non essere niente, ma sembra valga la pena investigare i suoi movimenti quella notte."

Betty balzò in piedi. "Beh, cosa stiamo aspettando? Andiamo a fargli visita. Ho ancora quella torcia se abbiamo bisogno di fare un po' di spionaggio." Si diresse verso la porta prima che potessero rispondere.

Elizabeth scambiò uno sguardo divertito con Samuel. Impulsiva come sempre, Betty aveva lo spirito giusto. Elizabeth andò nella sua camera da letto e prese la macchina fotografica di suo padre, flash e tutto. Si affrettarono a seguirla nel fresco pomeriggio.

Il deposito del latte Gabel Dairy era a est del villaggio vicino alla Stazione di Worthington. Il trio chiamò un taxi di Worthington su High Street. Il taxi poi svoltò a destra su Granville Road.

Mentre passavano per le strade residenziali, si potevano intravedere famiglie attraverso le finestre anteriori che godevano di pranzi e partite a carte. In una casa, un padre faceva volteggiare in alto la figlia ridendo, mentre la madre guardava con tenerezza. Elizabeth sentì una fitta guardando la scena spensierata.

Più il taxi si allontanava dal centro del villaggio, più gli edifici diventavano fatiscenti. Il deposito del latte Gabel Dairy era in un sudicio quartiere di magazzini vicino ai binari ferroviari. "Ricordatemi perché andiamo di nuovo da questa parte?" chiese Samuel sarcasticamente, rabbrividendo per il vento freddo.

Betty lo zittì mentre il taxi li lasciava davanti alle sbiadite porte di carico verdi del deposito. "Lasciate parlare me," sussurrò prima di bussare sul metallo con un pugno guantato. Il suono riecheggiò vuoto all'interno.

Proprio mentre Betty si preparava a bussare di nuovo, la porta si aprì leggermente con un cigolio. Un uomo dai capelli grigi sbirciò fuori con aria sospettosa. "Posso aiutarvi?" chiese con voce roca.

"Buongiorno, signore. Speravamo di poter parlare con il signor Bailey se è presente," rispose Betty allegramente. Gli occhi dell'uomo si strinsero ulteriormente. "E per quale motivo?"
Betty improvvisò in fretta. "Beh, i miei due amici qui sono novelli sposi, appena trasferiti in città. Volevano iniziare la consegna del latte ma si sono dimenticati di chiedere al signor Bailey i suoi orari di lavoro per i nuovi clienti."

Elizabeth si bloccò alle parole "novelli sposi" ma Samuel le mise agilmente un braccio intorno. "Sì, infatti, ci siamo sposati solo il mese scorso! Ma la signora qui si è completamente dimenticata di prendere l'orario del lattaio per la nostra nuova casa," disse con un'esagerata cadenza strascicata e un sorriso da ebete.

L'uomo dai capelli grigi rispose: "Dovreste chiederglielo voi stessi. Volete che vi chiami lui?"

"No, possiamo mandargli una lettera. Per caso sa dove abita?" chiese Betty.

"Oh, vive giù vicino al fiume appena dopo il liceo dall'altra parte di Granville Road. Basta cercare il camion della Gabel Dairy Milk."

"Lo faremo, grazie signore," rispose Samuel. Il trio chiamò un taxi per tornare a casa di Elizabeth.

Il calare della notte fornì la copertura perfetta mentre Betty, Samuel ed Elizabeth si dirigevano verso la casa del lattaio Bailey ai margini della città verso il fiume Olentangy. Elizabeth portò la macchina fotografica di suo padre e la collana di zia Gracie per fortuna, Samuel portava il taccuino, mentre Betty brandiva la sua torcia come una sciabola.

"Ricordate, silenziosi come topi in chiesa," sussurrò Betty ad alta voce mentre si avvicinavano furtivamente al camion di Bailey, parcheggiato nel vialetto. Il fango incrostato era ancora evidente sulle ruote posteriori. Avvicinandosi alla casa, le tende erano abbassate ma le luci erano accese. Al secondo piano, potevano vedere le ombre di due persone silhouettate dietro le tende. Avvicinandosi, potevano sentire quello che sembrava un litigio tra uomini.

"Voglio i miei soldi!" si sentì un uomo gridare. "Ho il tuo assegno proprio qui, Bailey!" rispose un altro uomo.

Non volevano avvicinarsi troppo alla casa ma Samuel stava scribacchiando sul taccuino mentre Betty lo illuminava con la torcia. Elizabeth voleva solo una foto del camion del latte, degli pneumatici fangosi sul lato del guidatore e dello pneumatico posteriore sul lato del passeggero senza fango.

Elizabeth girò lentamente intorno al veicolo, macchina fotografica pronta. Poteva vedere il fango ancora presente non solo sullo pneumatico posteriore lato guidatore, ma anche su quello anteriore lato guidatore. Si concentrò prima sugli pneumatici fangosi lato guidatore. Il flash brillante illuminò momentaneamente il cortile. Gli uomini in casa si potevano ancora sentire litigare. Elizabeth puntò la sua macchina fotografica su un distinto motivo a zig-zag impresso sullo pneumatico senza fango. Con una preghiera silenziosa, premette il pulsante dell'otturatore.

Proteggendosi gli occhi dal bagliore, Betty indicò il pannello laterale del camion. "Prendi anche la marca e il modello su quello pneumatico! Abbiamo bisogno di prove che sia il mezzo di Bailey." Annuendo, Elizabeth attese che le macchie scomparissero dalla sua vista prima di scattare un'altra foto accecante dei dettagli del camion.

Samuel scrisse i dettagli in un piccolo taccuino per corroborare le prove fotografiche. I loro cuori battevano forte, i polsi correvano più veloci del tempo necessario per ricaricare il flash della macchina fotografica.

"Bel lavoro, mia squadra investigativa stellare!" scherzò Samuel. Ma le voci alzate si propagavano nella notte tranquilla. Improvvisamente, i suoni delle tende che si alzavano rapidamente e le luci interne della casa illuminarono il prato anteriore.

"Chi c'è là fuori!" gridò un uomo dall'interno della casa.

"Correte!" urlò Samuel. Il trio scattò via mentre la porta d'ingresso si spalancava dietro di loro. Non osarono guardarsi indietro mentre correvano verso il rifugio dell'oscurità.

Le due signore corsero seguendo Samuel.

"Non possiamo andare verso il centro, chiunque fosse ci vedrà. Dovremo nasconderci nel bosco. Andiamo verso il fiume," disse Samuel.

Solo quando entrarono nel bosco, con la luna splendente, si fermarono finalmente, ansimando per riprendere fiato. Scoppi di risa esaltate seguirono presto tra i respiri affannosi.

"Pensi... che... ci abbiano visti?" ansimò Betty, le mani appoggiate sulle ginocchia.

Elizabeth scosse la testa, ugualmente senza fiato. "Troppo buio... ma abbiamo... ottenuto ciò che... ci serviva." Diede un colpetto trionfante alla sua macchina fotografica.

Le loro risatine si placarono mentre la gravità della loro scoperta si faceva strada. La prova era schiacciante - il camion di Bailey con gli pneumatici lato guidatore ricoperti di fango. Alla Stazione di Worthington ricordava di aver visto un lato di tracce di pneumatici nel fango e poi l'altro lato nella ghiaia. Questa era una prova sufficiente per gettare dubbi sulla colpevolezza del povero Hobo Jeff.

Tornando seri, ora camminavano più lentamente, ripassando ogni dettaglio per assicurarsi di non aver tralasciato nulla. L'aria fredda della notte rinfrescava le loro guance arrossate. Elizabeth intravide il profilo di Samuel al chiaro di luna, forte e bello. Un'ondata potente di affetto la travolse inaspettatamente. Lui prese la mano di Elizabeth senza pensarci per guidarli più in profondità nel bosco.

Il sentiero stretto era coperto da rami e inondato di luce argentea. Elizabeth avrebbe dovuto lasciare la mano di Samuel, ma invece la strinse più forte, ricordando vagabondaggi notturni nel bosco molto diversi di anni fa.

Rallentarono ancora fino a fermarsi completamente, tutti e tre silenziosi e attenti alla sinfonia di suoni intorno a loro. Il suono rilassante del fiume Olentangy in lontananza. Foglie che frusciavano nel vento gentile con un suono tremolante e setoso.

Gli occhi di Elizabeth si erano adattati alla luce velata. Poteva appena distinguere i contorni del viso di Samuel mentre la guardava intensamente. Sembrava sul punto di parlare quando un fruscio violento ruppe l'incantesimo.

Tutti e tre si girarono di scatto verso il rumore mentre i rami si agitavano violentemente davanti a loro sul sentiero. Una grande figura si stava avvicinando direttamente verso di loro con un bagliore arancione visibile, ancora nascosto dalla vegetazione. Samuel e Betty si immobilizzarono.

Anni di pensiero rapido con i suoi studenti si attivarono in Elizabeth. Senza esitare, raccolse un grande ramo caduto e lo lanciò con tutta la sua forza verso la creatura che si avvicinava.

Un tonfo risonante seguito da uno strano guaito confermò che aveva colpito il bersaglio. Elizabeth balzò in piedi con la macchina fotografica in mano e scattò le ultime due foto sulla pellicola con il flash che colpiva come un fulmine! La persona o bestia sconosciuta si schiantò nella direzione opposta, rompendo rami con un rumore sempre più flebile fino a svanire completamente.

Elizabeth rise liberando l'energia nervosa mentre Betty fischiò in segno di apprezzamento. "Lizzie ha ancora quel braccio da lanciatrice! Che diavolo era quella cosa?" Samuel si limitò a scuotere la testa meravigliato per il suo atto istintivo di coraggio.

Il loro divertimento fu però di breve durata. Un grosso ramo si spezzò, echeggiando dietro di loro - la persona stava tornando indietro! Senza perdere tempo, Samuel gridò "Da questa parte, presto!" tirando Elizabeth fuori dal sentiero tra gli alberi fitti.

Le spine laceravano i loro vestiti e capelli mentre si tuffavano sconsideratamente nell'oscurità. Il respiro affannoso di Betty rivelava che era vicina dietro di loro. Rami bassi frustavano il viso di Elizabeth, ma lei continuava, la mano di Samuel salda intorno alle sue.

Finalmente, gli alberi si diradarono davanti, aprendo su un campo illuminato dalla luna. L'erba alta del prato intralciava i loro piedi, ma continuarono a correre, ora senza suoni di inseguimento dietro di loro. Attraversarono di corsa Granville Road verso il liceo e più vicino alla casa di Elizabeth.

Mentre l'adrenalina calava, Betty espresse la domanda che tutti si ponevano. "Ma in nome del cielo, cos'era quello? Una persona o una bestia selvaggia?" nessuno poteva fornire una risposta.

Si esaminarono per cercare ferite - solo tagli e graffi minori, più l'orologio da polso rotto di Betty. Alla fine ripresero fiato, l'inseguimento sembrava sempre più surreale. Era stato uno scherzo elaborato?

Troppo stanchi per riflettere ulteriormente, continuarono attraverso il villaggio. Quasi al sicuro, cominciarono a rilassarsi, finché uno strano bagliore davanti quasi non li fece nascondere dietro i cespugli. Ma era solo la luna che sorgeva sopra la torre dell'acqua di Worthington.

Betty guidò con determinazione la strada prima di rompere il silenzio teso. "Non preoccupiamoci e non facciamo ipotesi azzardate. Affronteremo la cosa lentamente e scientificamente. Elizabeth, dovrai far sviluppare e analizzare quelle foto."

Samuel ed Elizabeth annuirono, confortati dalla sua razionalità. Ma brividi percorrevano ancora Elizabeth immaginando la sagoma enorme che si era precipitata verso di loro. In cosa si erano imbattuti?

Elizabeth si fermò, colpita dalla bellezza idilliaca della luna autunnale. Vedendo il suo sguardo, Samuel osò prenderle di nuovo la mano. "Nessun mostro qui," mormorò.

Elizabeth riuscì a sorridere, sentendo la verità nelle sue parole. Un ritorno di speranza trafisse la paura e il dubbio che l'avevano avvolta per così tanto tempo. Qualunque incognita li attendesse nella loro ricerca, sapeva con certezza di non camminare da sola. Con Samuel, Betty, e persino lo spirito della cara zia Gracie al suo fianco, la luce avrebbe prevalso.

Capitolo 7: "Dolcetto o Spavento"

Quando arrivò giovedì mattina, Elizabeth non desiderava altro che nascondersi sotto le coperte. Ma il dovere chiamava, quindi si alzò per vestirsi e preparare la colazione. Nemmeno l'avena e il tè potevano risvegliare la sua acutezza mentale.

La surrealtà della notte precedente sembrava ora come uno strano sogno nella luce banale del giorno. C'era stata davvero una creatura imponente sotto quegli alberi illuminati dalla luna? O le ombre stavano solo giocando scherzi?

La pellicola della sua macchina fotografica avrebbe confermato o smentito il loro inquietante incontro. D'istinto, Elizabeth afferrò la collana che zia Gracie le aveva regalato, cercando chiarezza e coraggio per la giornata che l'attendeva.

Fuori, i vivaci colori di fine ottobre stavano lentamente sbiadendo e si disperdevano sul terreno gelato. Halloween sarebbe arrivato l'indomani e i piccoli fantasmi e folletti avrebbero mendicato caramelle, segnalando un passo più vicino all'inverno. Le stagioni non fermavano mai il loro ciclo infinito, ignare delle lotte di Worthington. Elizabeth accelerò il passo, pronta a combattere le forze del caos e dell'oscurità.

A scuola, mantenne un volto coraggioso, guidando i bambini nelle recite e nelle esercitazioni di aritmetica. Ma la sua mente vagava verso questioni più gravi. Continuava a ripassare la scena nel bosco della notte precedente: c'era qualcuno di pericoloso proprio qui in mezzo a loro?

Durante la pausa pranzo, Elizabeth si allontanò verso il liceo. Entrando, sentì il suono cadenzato delle macchine da scrivere. Diede un'occhiata e vide le giovani donne che esercitavano le loro abilità di dattilografia. Elizabeth sorrise ricordando la sua lezione di dattilografia non troppo tempo fa.

"Signorina Russo!" esclamò la voce di un giovane. Era Danny, il liceale dell'ultimo anno che aveva scattato la foto con la sua classe sul Village Green di recente e la volta in cui lei era stata quasi colpita dalla Model T. Elizabeth conosceva Danny da quando frequentava la Worthington School e lo ricordava con affetto.

"Cosa ci fa qui?" chiese lui.

"Speravo che qualcuno potesse aiutarmi a sviluppare la pellicola della mia macchina fotografica. Sto lavorando su una specie di mistero," disse Elizabeth.

"Beh, signorina Russo, sono proprio io la persona giusta per aiutarla. Andiamo in camera oscura."

Danny guidò Elizabeth nella camera oscura fotografica del liceo, l'odore di prodotti chimici forte nell'aria. Spense le luci normali e accese le luci che avevano un'inquietante bagliore rosso. Con mani esperte, rimosse la pellicola dalla sua macchina fotografica e iniziò il processo di sviluppo - immergendola in diversi bagni mentre le immagini emergevano lentamente sui negativi. Elizabeth guardava ansiosamente, ansiosa di vedere le prove dell'indagine notturna.

Mentre le foto continuavano a svilupparsi, le prime immagini che apparvero erano dolci e amare reminiscenze del passato. Elizabeth con il suo amato padre alla Fiera di Stato dell'Ohio. Vide i loro volti sorridenti mentre gustavano coni gelato fuori dal fienile dei latticini solo poche settimane prima che lui morisse. Mentre Danny appendeva le foto ad asciugare, i ricordi portarono un'ondata di emozione e nostalgia, facendo rimpiangere a Elizabeth i tempi più semplici con suo padre. Danny vide la sua reazione e le diede una compassionevole pacca sulla schiena.

"È suo padre?" chiese Danny.

"Sì, era un uomo meraviglioso e mi manca molto," sospirò Elizabeth.

"Sono sicuro che sarebbe orgoglioso di lei, signorina Russo!" rispose Danny.

Concedendole un momento di quiete con i fantasmi del passato, Danny continuò a processare la pellicola, osservando nuovi indizi svilupparsi davanti ai loro occhi.

Vide le foto delle impronte fangose degli pneumatici che aveva scattato appena fuori dalla stazione di Worthington vicino alla baracca di Hobo Jeff. Poi, le foto che aveva scattato a casa del lattaio Bailey la notte prima. Poteva vedere scritto Kelsey Hayes sui cerchioni e Goodyear 18" x 3 5/8" sullo pneumatico. Annotò rapidamente i dettagli nel suo taccuino.

Elizabeth afferrò le foto.

"Grazie, Danny. Lo apprezzo molto," disse Elizabeth.

"Qualsiasi cosa per lei, signorina Russo," disse Danny, arrossendo.

Elizabeth si affrettò poi a tornare alla scuola elementare. Era ansiosa che la giornata scolastica finisse per poter seguire questa nuova prova. Finalmente, suonò l'ultima campanella e gli studenti si precipitarono fuori.

Elizabeth incontrò Betty che l'aspettava sul Village Green. Mostrò ansiosamente a Betty le foto che Danny aveva sviluppato. Betty tenne in alto gli scatti delle tracce di fango e le foto scattate a casa di Bailey, scrutandole attentamente.

"Straordinario, queste corrispondono agli pneumatici del lattaio Bailey di ieri sera! Questa è una prova solida che il suo camion era sulla scena del crimine," disse Betty.

Scosse la testa stupita per la loro scoperta. La foto dello strano occhio luminoso nel bosco era purtroppo troppo sfocata per distinguere qualsiasi dettaglio.

"Dobbiamo mandare queste alla Goodyear per vedere se corrispondono," rispose Elizabeth.

Le due donne attraversarono High Street e si diressero alla Biblioteca di Worthington sul lato nordest del Village Green. All'interno trovarono Mary Joe, una bibliotecaria che Elizabeth conosceva fin da quando era cresciuta andando a scuola.

"Mary Joe, puoi cercare l'indirizzo postale della Goodyear Tires per favore?" chiese Elizabeth.

"Certamente, Elizabeth, lascia che prenda l'elenco telefonico di Akron, Ohio."

Mary Joe tornò e aprì l'elenco telefonico sfogliando le pagine.

"Ecco qui Elizabeth. Questo è l'indirizzo della sede Goodyear." Mary Joe indicò l'indirizzo con l'indice.

Elizabeth scrisse rapidamente l'indirizzo nel suo taccuino.

"Grazie, Mary Joe," disse Elizabeth.

"Nessun problema. Spero che tu trovi quello che stai cercando."

Mentre aspettavano, Elizabeth tirò fuori penna e carta, scrivendo una lettera che chiedeva alla Goodyear se le impronte degli pneumatici fotografate nel fango fossero coerenti con il battistrada Goodyear 18" x 3 5/8" trovato sul camion del lattaio Bailey. In caso affermativo, questi tipi di pneumatici sono comuni su altri tipi di veicoli? Mise le foto e la lettera in una busta.

"Ok, Betty, andiamo all'Ufficio Postale di Worthington per spedire questa lettera," disse Elizabeth.

"Mi sembra un buon piano," rispose Betty con un sorriso.

Mentre Elizabeth e Betty uscivano dalla biblioteca, il Worthington News sul bancone attirò la loro attenzione. Il titolo in prima pagina recitava: "Il lattaio Bailey della Gabel Dairy trovato morto!"

Elizabeth e Betty emisero un grido soffocato e afferrarono il giornale. Secondo l'articolo, il corpo del lattaio Bailey era stato scoperto all'interno della sua casa. La polizia sospettava che fosse inciampato sulle scale e avesse battuto la testa durante la notte. Quando non si era presentato al lavoro il giorno successivo, uno dei dipendenti era andato a casa sua e aveva visto il suo corpo disteso sul pavimento.

"È incredibile," mormorò Elizabeth mentre scorrevano l'articolo. "Prima il signor Collins, ora il lattaio Bailey. È come vivere in un incubo."

Betty scosse la testa cupamente. "E dopo che eravamo appena stati a casa di Bailey a investigare. Questa non è una coincidenza. Qualcuno sta cercando di coprire le proprie tracce."

Elizabeth annuì, arrotolando l'agghiacciante articolo di giornale. L'oscurità stava avanzando, ma si rifiutava di lasciare che il male prevalesse.

Con la busta della Goodyear in mano, si diressero all'ufficio postale per spedire la lettera. Mentre camminavano verso sud sul Village Green, Elizabeth rabbrividì, sentendosi improvvisamente esposta sulla strada tranquilla. La sicura prevedibilità della vita a Worthington ora sembrava irrimediabilmente frantumata. Quali forze sinistre erano all'opera nel loro villaggio un tempo pacifico?

Mentre le due si avvicinavano alla Worthington Savings Bank, alzarono lo sguardo verso l'imponente torre dell'acqua che si ergeva dietro la banca.

"Almeno la torre dell'acqua veglia su di noi," disse Betty.

Le due si fermarono al Red and White per comprare caramelle per Halloween la sera seguente. All'interno, John stava lavorando dietro il bancone. Le salutò calorosamente.

"Buonasera, Elizabeth!" disse John, sorridendo. "Com'è stata la tua giornata?"

"Informativa," rispose Elizabeth, tenendo in mano la lettera.

Elizabeth e Betty presero alcune barrette di cioccolato Hershey's, caramelle a nastro e mais caramellato da distribuire per Halloween.

"Se solo trovassi la mia ricetta della gelatina, potrei darla ai bambini," disse Betty sorridendo.

"Dobbiamo tenere quei bambini felici e carichi di zucchero!" scherzò John mentre batteva il conto dei dolciumi.

"Oh, puoi anche aggiungere dei francobolli per la mia busta per favore, John?" chiese Elizabeth.

"Nessun problema, Elizabeth," rispose lui.

Elizabeth riuscì a fare un sorriso educato nonostante i suoi pensieri turbinanti sulla morte della notte precedente. Non voleva allarmare John o diffondere voci, quindi rimase in silenzio riguardo ai titoli inquietanti.

Dopo aver pagato e applicato i francobolli sulla busta, Elizabeth e Betty continuarono verso l'ufficio postale più avanti sulla strada. Elizabeth lasciò cadere la sua lettera nella cassetta della posta in uscita, sperando in rapide risposte dalla Goodyear.

Stringendo il sacchetto di carta con i dolcetti, salutò Betty augurandole una buona serata per tornare a casa a preparare la festa di Halloween in classe che si sarebbe tenuta per i bambini il giorno seguente. Ma interiormente, la sua mente correva con domande su chi fosse dietro le morti che oscuravano Worthington.

Una volta che Elizabeth fu a casa, il telefono squillò. Era George, con cui non aveva parlato da giorni dopo il suo comportamento maleducato al funerale di zia Gracie.

"Elizabeth, devo scusarmi di nuovo per le mie azioni maleducate," disse George contrito al telefono. "Vedendoti con Samuel, ho permesso alle vecchie gelosie di prendere il sopravvento. Puoi perdonarmi?"

Elizabeth esitò, ma George sembrava sinceramente pentito. "Accetto le tue scuse," rispose. "Questo è stato un periodo difficile per tutti noi."

"Hai proprio ragione, mia cara. Per favore, permettimi di rimediare con una cena giovedì sera. C'è un nuovo ristorante che ha appena aperto a North Columbus," offrì George.

Nonostante il dolore persistente, Elizabeth acconsentì, sperando che potessero riconciliarsi e andare avanti. "Va bene, cena giovedì allora."

Si scambiarono saluti impacciati prima di riagganciare. Elizabeth rimase pensierosa per un momento, dubbi che riaffioravano sulla loro compatibilità. Ma decise di dare a George un'altra possibilità e di provare a godersi una piacevole serata insieme.

Per ora, distrarsi con i preparativi di Halloween era un sollievo benvenuto sia dai guai di relazione che dal pall cast su Worthington. Si concentrò sulla preparazione delle decorazioni per la classe e sull'organizzazione dei giochi, determinata a riportare un po' di leggerezza ai suoi studenti durante i tempi bui.

Elizabeth cercò di sdraiarsi per riposare, ma il ticchettio incessante dell'orologio continuava a farle correre la mente. Irrequieta, decise di recarsi al New England Inn per un bicchierino della buonanotte.

Entrò nella sala buia e fumosa del bar e si guardò intorno. Una canzone di una big band suonava alla radio. Seduto al bar c'era il Dr. Bentley, sigaro in mano, che chiacchierava con Jane del Lady Alice Beauty Salon. Elizabeth scivolò su uno sgabello a pochi posti di distanza da loro.

"Lasciami indovinare, Elizabeth, il Coca-Cola High Ball?" sorrise Jimmy, il barista con uno sguardo sicuro. "Mi conosci," rispose Elizabeth con un sorriso ironico.

Mentre Jimmy le versava il drink, lo sguardo di Elizabeth vagò di nuovo verso il Dr. Bentley. La brace incandescente del suo sigaro la sconcertava. In quel momento ripensò allo strano occhio luminoso che aveva visto nel bosco. Potrebbe essere quello che ho visto ieri notte, pensò.

Spinta a indagare ulteriormente, Elizabeth prese il suo drink e si spostò sottilmente di posto per avere una migliore visuale della conversazione tra Bentley e Jane. Attraverso la foschia del fumo, si sforzò di ascoltare la loro discussione.

"Bailey se l'è cercata, nessuno lo sopportava comunque," stava dicendo Bentley a bassa voce. Jane sembrava ansiosa. "La gente diceva che avesse un problema con il gioco d'azzardo," disse Jane.

Il polso di Elizabeth accelerò, anche se non riusciva a sentire abbastanza contesto per afferrare il pieno significato delle loro parole. Erano collegati alle recenti morti?

In quel momento, Bentley alzò lo sguardo e notò Elizabeth che li osservava. Gettò bruscamente alcune banconote sul bancone e si alzò.

"È meglio che vada. È stato un piacere parlare con te, Jane," disse bruscamente prima di passare accanto a Elizabeth e dirigersi verso l'uscita.

Elizabeth rimase seduta attonita, più convinta che mai del coinvolgimento di Bentley nelle ombre che avvolgevano Worthington. Doveva agire in fretta. Mentre Bentley si girava per andarsene, Elizabeth si affrettò e gli andò addosso.

"Oh, chiedo scusa!" esclamò.

Bentley la guardò con rabbia. "Tu! Sei quella donna del cimitero. Devi farti gli affari tuoi e smettere di essere così curiosa riguardo agli affari della famiglia Collins."

Elizabeth tenne il punto. "Forse non dovresti essere così preoccupato di rendere la piccola Amy una star del cinema di Hollywood."

Il viso di Bentley diventò rosso. "Come osi!" sputò. "Sono un vecchio amico della famiglia che cerca di aiutarli nel loro momento di lutto. È irrispettoso da parte tua insinuare altrimenti."

Cercò di spingersi oltre Elizabeth ma lei si spostò di lato per bloccarlo. "È tutto piuttosto sospetto, se me lo chiedi. Qual è esattamente il tuo interesse nella famiglia Collins, Dr. Bentley?"

I suoi occhi lampeggiarono pericolosamente. "I miei interessi non sono affari tuoi. Ora, togliti di mezzo prima che te ne penta."

La spinse rudemente e uscì furioso dalla porta. Jimmy e gli altri clienti stavano tutti fissando il confronto. Mentre Bentley si affrettava ad uscire, lo sguardo di Elizabeth cadde sul sigaro che teneva in mano. Attraverso la foschia del fumo, riuscì a malapena a distinguere l'etichetta - "LaProsa".

Memorizzò questo dettaglio, sapendo che l'informazione sul sigaro poteva essere un indizio utile. L'etichetta ornata e il tabacco di qualità non si trovavano comunemente a Worthington.

Elizabeth finì rapidamente il suo drink, con la mente che correva. Lasciò una mancia a Jimmy e si avviò verso casa, ripensando al teso confronto.

Mentre Elizabeth camminava verso casa, alzò lo sguardo verso la luna, che aveva una sinistra tonalità rosso sangue quella notte, abbastanza luminosa da illuminare l'intera città.

Rabbrividì pensando alla scioccante morte del lattaio Bailey. Leggendo l'articolo di giornale, la polizia affermava che era semplicemente inciampato sulle scale e aveva fatalmente battuto la testa su un vaso. Ma la tempistica dopo il loro incontro, specialmente con gli uomini che litigavano, sembrava troppo coincidenziale.

Passando davanti a casa sua, Elizabeth fu colpita da un'idea. Cambiò direzione, dirigendosi invece verso la residenza del lattaio Bailey. Forse sotto la luce di questa luna di sangue minacciosa, qualche nuovo indizio sarebbe stato rivelato.

La casa del lattaio era buia e silenziosa quando arrivò. Elizabeth esitò, poi si avvicinò furtivamente al lato della casa. Si sforzò di vedere qualsiasi illuminazione nelle finestre, con le orecchie tese per il minimo rumore.

Girando verso l'ingresso posteriore, soffocò un sussulto. La porta pendeva storta e socchiusa, oscillando nella fredda brezza autunnale. Qualcuno era stato qui dopo l'indagine della polizia.

Con il cuore che batteva forte, Elizabeth sbirciò dentro la cucina buia. "C'è qualcuno?" chiamò sottovoce. Nessuna risposta tranne lo scricchiolio della porta rotta.

La luna di sangue tingeva tutto di un inquietante bagliore cremisi, ma non riusciva a discernere alcun movimento all'interno. Tuttavia, Elizabeth non riusciva a liberarsi della sensazione di essere osservata dalle ombre.

Con la paura che montava, Elizabeth si girò per lasciare la casa del lattaio. Ma d'impulso, decise di tornare nel bosco dove avevano visto il misterioso occhio luminoso l'altra notte.

Camminò nella foresta oscurata, rabbrividendo mentre il vento muoveva le foglie. Elizabeth si diresse verso l'area dove lei, Betty e Samuel si erano nascosti dalla figura minacciosa.

Fermandosi in una radura illuminata dalla luna, Elizabeth fece un respiro profondo per calmare i nervi. La luna rossa gettava luce tra gli alberi. "Va tutto bene," sussurrò a se stessa.

Scrutando il terreno, qualcosa di piccolo attirò la sua attenzione. Si chinò e lo raccolse, esaminandolo alla luce cremisi. Era un sigaro malconcio e cenere. Girandolo, riuscì appena a distinguere l'etichetta, "LaProsa".

Il polso di Elizabeth accelerò. Questo doveva essere uno dei sigari del Dr. Bentley! Doveva essere caduto quando si aggirava qui l'altra notte. Mise frettolosamente in tasca la prova.

Quasi euforica per l'eccitazione, Elizabeth si affrettò fuori dal bosco. Questa sembrava una svolta. Aveva bisogno di dire a Betty di aver trovato il sigaro di Bentley immediatamente.

Elizabeth corse a casa di Betty e bussò alla sua porta senza fiato. Betty rispose in camicia da notte e mezza addormentata. Elizabeth le raccontò la scoperta. Gli occhi di Betty si allargarono mentre esaminava l'esotico sigaro.

"Beh, non ci posso credere! Questa è finalmente la prova di cui abbiamo bisogno della connessione di Bentley," esclamò Betty. Diede una pacca sulla mano di Elizabeth con orgoglio. "Hai risolto questo caso, detective! Ora dobbiamo solo costringerlo a confessare."

Elizabeth sorrise, con l'adrenalina e la speranza che le scorrevano nelle vene. I pezzi contorti del puzzle stavano finalmente combaciando per esporre il piano del male. La luce avrebbe prevalso sull'oscurità - ne era certa ora.

Il giorno dopo a scuola, gli studenti di Elizabeth erano in fermento per l'eccitazione del trick-or-treat quella sera. Fece giocare i bambini a pescare le mele e permise loro di gustare alcuni dei dolcetti che aveva acquistato in precedenza.

La piccola Amy Collins si avvicinò a Elizabeth, praticamente saltellando per l'entusiasmo. "Stasera mi vestirò da Dorothy del Mago di Oz!" esclamò. "A volte mi piace giocare al Mago di Oz vicino al fiume nel bosco. Ho il vestito, le scarpette rosse e tutto!"

Elizabeth sorrise per la sua gioia. Presto suonò l'ultima campana e i bambini si precipitarono fuori, pronti per dolcetti e costumi.

Mentre Elizabeth tornava a casa, sentì un senso di pace e fiducia che si stessero facendo progressi nella risoluzione del mistero. Trovare il sigaro di Bentley sembrava un grande passo verso la giustizia.

L'aria frizzante d'autunno portava le grida felici dei bambini che raccoglievano zucche intagliate e si preparavano per i festeggiamenti della serata.

Quando calò la sera, Elizabeth accese la luce del portico e sistemò i dolcetti. Presto, adorabili trick-or-treaters iniziarono ad arrivare: fate, pirati, fantasmi e, naturalmente, la piccola Amy vestita da Dorothy.

Mettendo caramelle in ogni sacchetto teso, Elizabeth trovò conforto in questa tradizione pittoresca. Non importava quanto fosse oscuro e caotico il mondo, le risate dei bambini di Worthington mantenevano viva la speranza.

Era tardi ed Elizabeth aveva finito di distribuire caramelle. Spense la candela nella sua zucca sul portico e poi rientrò in casa.

Passò un po' di tempo sul divano a rileggere gli appunti che lei e Samuel avevano scritto nel suo taccuino. I suoi occhi iniziarono a chiudersi ed Elizabeth capì che era ora di andare a letto. Mentre camminava lungo il corridoio buio verso la sua camera da letto, un forte tonfo la fece sobbalzare. Chi poteva venire a chiamare così tardi, si chiese ansiosamente.

Elizabeth si affrettò verso la porta d'ingresso e la spalancò, sussultando alla vista. La sua zucca di Halloween era stata ridotta in pezzi sulla sua porta d'ingresso ed era caduta sul portico. Tra il pasticcio polposo, notò un pezzo di carta.

Con le mani tremanti, lo raccolse e lesse il messaggio agghiacciante scarabocchiato in lettere irregolari: "Amerai giacere a Walnut Grove!"

Elizabeth indietreggiò terrorizzata. Walnut Grove era dove zia Gracie era stata appena sepolta. Era questa una minaccia alla sua vita?

Freneticamente, sbatté la porta e la chiuse a chiave. Poi spinse una sedia della cucina sotto la maniglia. Con il cuore che batteva selvaggiamente, scrutò fuori dalla finestra ma vide solo oscurità.

Qualcuno sapeva che stava indagando e voleva metterla a tacere. Elizabeth pensò di andare alla polizia, ma l'agente Jameson aveva finora ignorato le sue teorie. Pensò a Samuel e Betty, ma no, non poteva mettere in pericolo anche loro.

Elizabeth camminava ansiosamente avanti e indietro, sentendosi completamente sola e braccata. Il male che affliggeva Worthington l'aveva ora direttamente nel mirino. Si era imbattuta in qualcosa di molto più contorto di quanto avesse realizzato.

Ma si rifiutò di rannicchiarsi o tirarsi indietro. Se la volevano nel cimitero di Walnut Grove, avrebbero dovuto metterla lì loro stessi. Elizabeth avrebbe affrontato e combattuto qualunque oscurità stesse convergendo - anche se avesse dovuto farlo da sola.

Capitolo 8: "Scontro alla Partita"

Elizabeth dormì a malapena, turbata dalla minaccia agghiacciante lasciata sulla sua porta. Mentre la luce del giorno si insinuava, rimuginava su chi potesse aver fatto una cosa del genere. Era stato il Dr. Bentley? La nota minacciosa dimostrava che si stava avvicinando a svelare questo mistero, e ciò rendeva qualcuno disperato.

Raccogliendo il suo coraggio mentre il mattino si schiariva, Elizabeth raccolse attentamente il pezzo di carta e andò a mostrarlo a Betty. Le sue mani tremavano, ma si rifiutava di essere paralizzata dalla paura.

Elizabeth bussò con urgenza alla porta di Betty; la nota agghiacciante stretta nel suo pugno. Betty emerse in camicia da notte, sbattendo le palpebre per svegliarsi.

"Cosa c'è, cara?" chiese preoccupata, vedendo lo stato angosciato di Elizabeth.

Elizabeth scoppiò in lacrime, mostrando il pezzo di carta. Betty la fece entrare rapidamente e la fece accomodare sul divano. "Preparerò del tè," disse prima di dirigersi in cucina.

Elizabeth continuò a piangere mentre il bollitore fischiava. Betty tornò con tazze fumanti di Earl Grey e un piatto delle sue famose barrette al limone.

Mentre sorseggiavano il tè, Elizabeth descrisse la zucca frantumata e il messaggio minaccioso lasciato fuori casa sua. "Ero troppo scioccata e spaventata per venire a prenderti ieri sera. Mi dispiace," concluse tra le lacrime.

Betty le diede una pacca rassicurante sulla mano. "Su, su, non preoccuparti. D'ora in poi vieni direttamente qui ogni volta che ne hai bisogno. Siamo partner in questa indagine, dopotutto."

La attirò in un abbraccio confortante. "Con tutto quello che è successo - perdere Gracie, tua madre che non torna. Questa è stata l'ultima goccia."

Ritraendosi, l'espressione di Betty si indurì con determinazione. "Ma adesso andiamo alla stazione di polizia per denunciare queste minacce. Chiamo un taxi."

Alla stazione, l'agente Jameson fece entrare Elizabeth nel suo ufficio e fece aspettare Betty nel corridoio. Elizabeth raccontò urgentemente tutto: la minaccia della zucca, il camion di Bailey visto vicino alla scena del crimine, l'inquietante occhio luminoso nel bosco e il loro sospetto del coinvolgimento del Dr. Bentley.

"So che Hobo Jeff è stato incastrato," insistette Elizabeth. "Il vero assassino è ancora là fuori."

L'agente Jameson prese il suo taccuino, alzando una mano. "Ora, signorina Russo, so che le sue intenzioni sono buone, ma abbiamo una confessione di Jeff per l'omicidio del signor Collins. Ce l'ha data poco prima che l'Ufficio dello Sceriffo della Contea di Franklin lo prendesse in custodia."

Continuò gentilmente, "Per quanto riguarda la morte del signor Bailey, era un noto ubriacone che probabilmente è inciampato su quelle scale. E quella 'bestia' che avete visto era probabilmente solo qualche adolescente che fumava nel bosco. I sigari LaProsa sono fatti proprio qui in Ohio e ogni tipo di persona li fuma, non solo il Dr. Bently."

Jameson le mise una mano sulla spalla. "Mi creda, il Dr. Bentley è un brav'uomo e un buon amico della famiglia Collins. Era a una conferenza a Chicago quando Collins è stato ucciso. Lo so perché siamo nello stesso club di poker. Era via quella settimana."

Elizabeth era abbattuta. "Ma agente, le giuro che sta succedendo qualcosa di sinistro a Worthington!" Jameson sorrise solo con simpatia. Elizabeth insistette con Jameson sulle voci a casa di Bailey e sulla minaccia della zucca, ma lui liquidò tutto come malintesi e scherzi.

Mentre usciva dal suo ufficio, Jameson prese Elizabeth da parte mentre Betty aspettava nel corridoio. "Va bene, va bene. Aumenteremo le pattuglie intorno alla sua strada. Ora guardi signorina Russo, so che ha buone intenzioni, ma per favore lasci questo ai professionisti," disse severamente. "Si concentri sull'insegnamento, non sulle indagini da dilettante."

Si chinò e sussurrò, "E francamente, non è bene per lei passare così tanto tempo con Betty. Ha una storia di fantasie selvagge. Siamo stati chiamati per le sue invettive in passato. Non si faccia risucchiare nelle sue eccentriche teorie del complotto."

Elizabeth si irritò ma trattenne la lingua. Uscendo furiosa, trovò Betty che aspettava con aspettativa.

"Quell'uomo è impossibile!" sbottò Elizabeth. "Mi ha praticamente chiamata donna isterica persa nella fantasia. So quello che ho visto, Betty!"

Betty annuì con fermezza. "Certo che lo sai. E non ci arrendiamo, no signore! Indagare è nel mio sangue, quindi non ascoltare quel poliziotto condiscendente."

Elizabeth si sentì incoraggiata dalla sua amica risoluta. "Hai ragione. Siamo le uniche che cercano di far luce sull'oscurità che affligge questo villaggio. Continueremo a perseguire la verità, non importa cosa pensi Jameson."

A braccetto, le due donne marciarono fuori dalla stazione, a testa alta. Elizabeth era stanca di essere liquidata e intimidita. Con Betty al suo fianco, avrebbe svelato questo mistero, non importa quanto sinistre fossero le forze allineate contro di loro. La luce della verità avrebbe prevalso.

La settimana seguente passò tesa ma senza eventi. Fedeli alla parola data, la presenza della polizia aumentò sostanzialmente, tenendo temporaneamente a bada le forze dell'ombra.

L'autunno si approfondì, e le foglie trasformarono Worthington in una palette abbagliante di oro, arancione e rosso. Con Halloween passato, i pensieri si volsero a novembre e all'imminente festival del raccolto autunnale che si teneva annualmente in centro quel fine settimana.

L'avvicinarsi del festival portò conforto a Elizabeth, segnalando che la vita e il rinnovamento continuavano anche in mezzo all'oscurità persistente. Il cuore di Worthington batteva ancora con resilienza, se pur con incertezza.

Elizabeth insegnò ai suoi studenti la storia del festival e il suo spirito di gratitudine. Il loro innocente entusiasmo le sollevò lo spirito. Si offrì volontaria per il compito di decorazione al festival, determinata a diffondere un po' di luce.

Mentre Elizabeth camminava verso il centro di Worthington, alzò lo sguardo e notò ancora la torre dell'acqua del villaggio dipinta con "Battiamo Groveport!" sorrise, ricordando la lunga tradizione per gli studenti del liceo di Worthington di intrufolarsi e fare graffiti sulla torre con slogan contro i loro grandi rivali di football, i Groveport Cruisers. Ma rabbrividì anche al pensiero di uno studente che cadesse accidentalmente dalla torre. Alcuni commercianti avevano anche messo cartelli nelle loro vetrine che dicevano "Schiacciamo quei Cruisers!" e "I Cardinals Volano in Alto!"

Arrivò giovedì sera, ed Elizabeth si vestì per il suo appuntamento a cena con George, determinata a godersi una piacevole serata fuori città.

George arrivò nella elegante berlina nera di suo padre, suonando il clacson con galanteria. Elizabeth uscì con un semplice abito nero, riuscendo a sorridere.

"Ho pensato di provare quel nuovo posto, il Blue Danube," disse George mentre guidavano lungo High Street verso Columbus.

All'interno del ristorante, il padrone di casa li accolse. "O come ci piace chiamarlo, il Dube!" proclamò con un gesto teatrale, conducendo i due a un tavolo illuminato da candele e consegnando loro i menu. Una lenta ballata veniva suonata alla radio ed Elizabeth aveva bisogno della calma per un cambiamento.

Dopo aver ordinato il vino, George allungò la mano sul tavolo per prendere quella di Elizabeth. "Mi scuso davvero per essere stato così insistente sul matrimonio ultimamente. Il lavoro è stato un inferno preparandosi per la fine dell'anno."

Sorrise dolcemente alla luce delle candele. "Ma come stai reggendo, tesoro?"

Elizabeth considerò di scaricare tutti i suoi sospetti sugli omicidi. Ma il vino era così rilassante, e il trambusto attutito del ristorante calmante. Decise di godersi semplicemente una serata di tregua dal caos.

"Oh, mi tengo occupata con la scuola e cerco di stare fuori dai guai," rispose con leggerezza. Il loro cibo arrivò fumante e aromatico.

"Pollo al forno all'aglio per la signora e manzo alla Stroganoff per il signore," disse il cameriere mentre posava i piatti fumanti sul tavolo.

Mentre mangiavano e chiacchieravano di argomenti innocui come il lavoro e i libri, la tensione annodata dentro Elizabeth lentamente iniziò a sciogliersi. Lasciò che il vino e la presenza familiare di George mettessero temporaneamente la sua mente a suo agio.

Al dessert, una calda nebbiolina si era posata su di lei con la sua fetta di torta di mele. Per la prima volta in settimane, le ombre che incombevano su Worthington sembravano tenute a bada. Non risolte permanentemente, ma tenute al sicuro nella periferia per una serata.

Dopo cena, George riaccompagnò Elizabeth a casa baciandola in macchina. I due camminarono fino al portico d'ingresso. Lui indicò i segni lasciati sulla porta dalla zucca frantumata.

"Cosa è successo qui?" chiese con preoccupazione.

Elizabeth si irrigidì leggermente, non volendo preoccuparlo. "Oh, probabilmente solo qualche liceale che faceva scherzi," disse con leggerezza. "Sai come sono ad Halloween."

Gli occhi di George si strinsero brevemente ma poi sembrò accettare la spiegazione. "Beh, fammi sapere se hai altri problemi. Sarei felice di pattugliare il quartiere per tenere d'occhio le cose."

"Sei molto gentile," rispose Elizabeth. "Ma sono sicura che fosse solo uno scherzo innocuo."

Disse buonanotte e gli diede un altro bacio prima che George potesse indagare ulteriormente. All'interno, si appoggiò alla porta chiusa con un sospiro. La serata era stata una bella distrazione, ma non poteva continuare a eludere le domande di George per sempre. Né poteva evitare di affrontare le minacce che la circondavano.

Guardando intorno alla casa buia e vuota, Elizabeth rabbrividì. Pensò di chiamare Samuel o Betty per conforto ma decise di non disturbare le loro serate.

Domani avrebbe ripreso la sua indagine con rinnovata determinazione. Ma per ora, controllò due volte le serrature e si ritirò nella sua stanza. Sdraiata a letto con le coperte tirate strette, rimase vigile ad ogni suono sospetto nella vecchia casa scricchiolante.

Esausta ma vigile, Elizabeth finalmente si addormentò, la collana di zia Gracie stretta in mano. Trovò un po' di conforto sapendo che non era sola contro le ombre che incombevano su Worthington.

Il mattino seguente sorse luminoso per un bellissimo venerdì d'autunno. Elizabeth si svegliò sentendosi riposata per la prima volta in settimane. Preparò del caffè e mangiò una ciotola di cereali Kellogg's Pep.

Uscendo, fu accolta dalla vista di Betty in camicia da notte che agitava eccitata la mano. "Buongiorno! Ehi, non dimenticare la partita di football stasera. Sono i Worthington Cardinals contro i Groveport Cruisers. I Cards non hanno vinto una partita per tutta la stagione. Dovremmo andare a fare il tifo per loro!"

Elizabeth esitò. "Oh, stavo pensando di rilassarmi a casa stasera."

Ma Betty agitò le mani impazientemente. "Sciocchezze! Ti farà bene uscire e socializzare. Dai, che ne dici?"

Guardando il viso ansioso della sua vicina, Elizabeth cedette con una risata. "Va bene Betty, hai vinto. Mi farebbe bene una serata divertente. Ma non posso stare fuori troppo tardi, ho i preparativi per il festival del raccolto domani."

"Brava ragazza!" esultò Betty. "Ci divertiremo un mondo. Non c'è niente come una serata di gioco nel villaggio!" Si affrettò a rientrare per prepararsi.

Elizabeth dovette ammettere che stava aspettando con impazienza la normalità della serata. I canti e i tifi familiari avrebbero aiutato a sovrastare gli echi di paura e tragedia che avevano pervaso Worthington.

Quella sera, avvolte contro il freddo autunnale, Elizabeth e Betty passeggiarono verso il liceo di Worthington insieme ad altri vicini chiacchieroni. L'aria frizzante risuonava di spirito scolastico. Per almeno qualche ora, il pall si sarebbe sollevato.

Lo spirito scolastico era contagioso. Arrivando al campo, comprarono cioccolate calde dal chiosco e si unirono al tifo rumoroso per i Cardinals con il resto della folla.

Le cheerleader a bordo campo urlavano incoraggiamenti mentre le squadre si lanciavano in campo. Elizabeth si sentì trascinata nell'atmosfera chiassosa. Durante le azioni emozionanti, Betty gridava e urlava proprio come i tifosi adolescenti.

Prima che se ne rendessero conto, Worthington era in vantaggio 14-7. Una famiglia suonava rumorosamente una campana a cena che echeggiava in campo tra l'eccitazione. Ridendo e applaudendo insieme ai tifosi, Elizabeth si stava godendo la partita.

Le cheerleader galvanizzavano energicamente la folla per tutta la partita. Eseguivano capriole all'indietro e piramidi, non lasciando mai calare l'energia.

Ogni volta che i Cardinals segnavano o ottenevano un primo down, le cheerleader esplodevano in danze coreografate, agitando i pompon mentre saltavano e calciavano all'unisono.

Il loro entusiasmo contagioso teneva gli spalti gremiti in piedi a cantare "Forza, Cards, Forza!" la capitana delle cheerleader faceva l'occhiolino e mandava baci alla folla.

Vicino al palo della porta, la mascotte dei Cardinals, un cardinale, prendeva giocosamente in giro la goffa mascotte del cavallo dei Cruisers.

Quando i Cruisers non riuscirono a segnare sul quarto down, il Cardinale fece gioiosamente dei giri intorno al cavallo sconsolato con grande divertimento della folla.

Anche la banda di Worthington si esibì in performance vivaci prima e durante la partita. Sfilavano vicino al campo suonando l'inno della squadra con le trombe e battendo i tamburi.

Durante i momenti tesi della partita, la banda suonava melodie stimolanti per incoraggiare la squadra e il pubblico. I loro battiti fragorosi e le melodie solenni elettrizzavano l'atmosfera. All'intervallo, la banda iniziò a marciare sul campo per la loro esibizione.

Mentre la banda iniziava a suonare, Elizabeth e Betty decisero di sgranchirsi le gambe e prendere altra cioccolata calda. Mentre aspettavano in fila al chiosco, una voce familiare chiamò "Elizabeth".

Si girò e vide Samuel che salutava e si avvicinava con suo zio. "Che coincidenza incontrarvi qui, signore," disse Samuel con un sorriso.

"Betty, questo è mio zio Howard," presentando l'uomo dai capelli bianchi. "Mi ha dato un passaggio per la partita. Zio Howard, hai già conosciuto la meravigliosa Elizabeth Russo e questa è la sua vicina Betty."

"È un piacere conoscerla, Betty, ed è bello rivederla meravigliosa Elizabeth," rispose Howard sorridendo educatamente, mentre stringeva loro le mani. "Tutti gli amici di Samuel sono miei amici."

"Allora, vi state godendo la partita signore?" chiese Samuel.

Betty annuì con entusiasmo. "Oh sì, ci stiamo divertendo moltissimo! È passato troppo tempo dall'ultima volta che sono stata a una bella partita di football."

"Beh, siamo contenti di vedere Worthington dare una bella batosta a quei terribili Cruisers. Era ora che iniziassimo a vincere una partita!" rise Howard. "Mi fa sentire più giovane di anni! Sarà meglio che torni al mio posto, ma è stato meraviglioso conoscervi signore."

Si toccò il cappello e se ne andò. Samuel sorrise calorosamente a Elizabeth, i suoi occhi marroni che brillavano. "Sono davvero contento che tu sia venuta stasera. Questo è proprio ciò di cui avevamo tutti bisogno."

Elizabeth concordò, riscaldata dal cordiale incontro casuale. Mentre Elizabeth chiacchierava con Samuel, una voce irata interruppe improvvisamente. "Cosa stai facendo con lui?!"

Si girò e vide un George furioso che marciava verso di loro, gli occhi fiammeggianti. L'odore di alcol si diffondeva da lui.

"Ti avevo avvertito di stare lontano da questo mascalzone!" urlò George, mettendosi proprio in faccia a Samuel.

Prima che qualcuno potesse reagire, George si tirò indietro e sferrò un pugno selvaggio a Samuel. Mentre il pugno di George volava, la banda di Worthington iniziò a suonare "Una notte sul Monte Calvo" che era stata recentemente resa popolare nel film Fantasia. Elizabeth e Betty gridarono, ma Samuel riuscì a schivare il colpo.

"Ehi amico, calmati," disse Samuel con calma, le mani alzate. "Non c'è bisogno di guai qui."

Ma George era quasi in preda alla rabbia. "Non dirmi di calmarmi!" Gli ottoni sul campo da football aumentavano la tensione nella canzone mentre continuavano a marciare sul campo. George sferrò un altro colpo maldestro che Samuel evitò. "Ti insegnerò io a immischiarti con la mia ragazza!" La gente iniziava a fissare il confronto.

Un liceale urlò: "Dagli il vecchio sandwich di nocche di ottone in faccia!"

Betty cercò di intervenire ma George la spinse via. Mentre George sferrava un altro pugno ubriaco, questa volta il suo pugno si connesse con il viso di Samuel, colpendolo sulla guancia.

Samuel barcollò all'indietro, tenendosi il viso mentre lo zio Howard guardava scioccato. Prima che qualcuno potesse reagire, Samuel aggrottò le sopracciglia e strinse il pugno, ricambiando e atterrando un solido pugno sul viso di George.

"Piccolo..." ringhiò George mentre il suono degli ottoni si gonfiava. Placcò Samuel a terra e i due uomini iniziarono a lottare ferocemente proprio lì a bordo campo.

I pugni volavano e si sentivano grugniti mentre lottavano e si scambiavano colpi. Danny arrivò di corsa con la sua macchina fotografica in mano e iniziò a scattare foto. Elizabeth e Betty urlavano loro di fermarsi ma gli uomini erano persi in una rabbia ubriaca.

La folla si allontanò mentre la lotta rotolava a terra. George riuscì a immobilizzare Samuel e gli diede qualche altro colpo prima che Samuel gli desse un ginocchiata allo stomaco. La banda ora si era fermata per vedere di cosa si trattasse tutto quel trambusto.

Ansimando, George allentò la presa permettendo a Samuel di ribaltarlo. Ora Samuel era sopra, pronto a colpire il viso di George.

In quel momento gli agenti di polizia arrivarono di corsa per separarli. Tirarono via gli uomini insanguinati e li trascinarono l'uno dall'altro. Presero le braccia di George. "Ok amico, penso che ti sia divertito abbastanza per stasera," disse severamente l'agente Jameson. "Andiamo a smaltirla dormendo."

George imprecò e si dimenò ma lo trascinarono verso l'uscita. Elizabeth rimase in piedi tremando, inorridita dalle sue azioni. Samuel, malconcio e con il naso sanguinante, le mise una mano confortante sulla spalla.

"Mi dispiace tanto per questo," disse Elizabeth dolcemente. "Sarà meglio tornare a casa prima che sorgano altri problemi."

Mentre la polizia scortava via George, lo zio Howard di Samuel si affrettò verso di loro con aria perplessa.

"Che diavolo è successo?" esclamò.

Samuel si asciugò il rivolo di sangue dal labbro spaccato e scrollò le spalle. "Oh, sai, solo un piccolo disaccordo tra gentiluomini," scherzò debolmente.

Ma Elizabeth era troppo sconvolta per trovare umorismo in questo. "È stato un comportamento spaventoso, da parte di entrambi!" li rimproverò.

Samuel ebbe almeno la decenza di sembrare vergognoso sotto il suo sguardo. "Hai ragione, mi dispiace," disse sinceramente. "George ha il potere di tirare fuori il peggio di me. Ma non avrei dovuto abboccare alla sua provocazione."

Howard gli mise una mano sulla spalla. "Su, andiamo a pulirti a casa. La signorina Russo è scontenta della tua rozzezza."

Mentre Samuel si alzava con suo zio, Elizabeth scosse solo la testa delusa. Si aspettava di meglio da lui che una tale violenza brutale, indipendentemente dalla provocazione.

Betty le prese il braccio in modo solidale. "Uomini! Muscoli invece di cervello, ogni volta, se me lo chiedi," disapprovò. "Non preoccuparti cara, anche questo passerà."

Mentre Samuel si girava per andarsene con Howard, suo zio si fermò improvvisamente e si rivolse di nuovo alle signore.

"Sapete signore, mancano solo poche settimane, ma saremmo felici se voi due vi uniste a noi per la cena del Ringraziamento," propose Howard calorosamente. "Più siamo, meglio è!"

Elizabeth aprì la bocca per rifiutare, ancora arrabbiata con Samuel, ma Betty intervenne con entusiasmo. "Saremmo onorate! Vero, Elizabeth?"

Le lanciò uno sguardo eloquente. Ricordando che sua madre era via a Cincinnati, Elizabeth accettò con riluttanza. "Va bene, la cena sarebbe adorabile, grazie."

"Eccellente!" Howard raggiò. "Siamo felici di accogliere amici alla nostra tavola. Vi lascio a fare pace," aggiunse con un occhiolino a Samuel.

Con i loro piani per il Ringraziamento inaspettatamente stabiliti, Elizabeth e Betty si congedarono. Samuel le rivolse un sorriso conciliante e un saluto mentre se ne andava con suo zio.

Betty prese il braccio di Elizabeth allegramente. "Ecco, non ti sembra bello un banchetto festivo?"

Elizabeth sospirò, sperando che la cena non aggiungesse ulteriore benzina alle tensioni esistenti. Ma il dono di Betty di forzare l'allegria nella tristezza era difficile da resistere. Tra l'entusiasmo senza limiti delle cheerleader, le buffonate delle mascotte in duello e il pugno di Samuel e George, il liceo di Worthington aveva mostrato un forte spirito di squadra contro il loro rivale. Ma Elizabeth sentì di aver avuto troppa eccitazione per la notte e decise che era ora di lasciare la partita di football in anticipo. Dopo il fiasco dell'intervallo, Betty ed Elizabeth tornarono rispettivamente alle loro case sotto il vigile bagliore della luna del raccolto.

Capitolo 9: "Il Festival del Raccolto Autunnale"

Il giorno successivo, Elizabeth si svegliò presto in una mattina di novembre insolitamente calda. Prendendo il giornale di Worthington, "Il giornale che mette il servizio prima dei dollari", il titolo principale recitava: "I Cards vincono la prima partita, battendo i Groveport Cruisers". Sotto il titolo c'era una foto che Danny aveva scattato di Samuel e George che litigavano la sera prima con il titolo che diceva: "Rissa all'intervallo interrompe la partita di football". Elizabeth scosse la testa disgustata.

Proprio allora, si avvicinò il rombo di una motocicletta. Era George, che sfoggiava un occhio nero fresco. Ancor prima di smontare, iniziò a urlare accuse a Elizabeth di "doppio gioco".

"Sei una doppiogiochista, Elizabeth Russo! Sapevo che stavi tramando qualcosa con quel Samuel Lewis!" disse ubriaco.

Elizabeth aprì la porta e gridò.

"Non ho fatto niente del genere!" insistette, ma George rimase belligerante.

"Guarda, George," disse Elizabeth, mostrando il giornale. "Sei finito in prima pagina. Sei contento ora?"

"Mettiti un po' di sale in zucca, Elizabeth!" urlò George.

"L'ho fatto e finalmente ne ho abbastanza!" disse Elizabeth mentre lentamente si toglieva l'anello di fidanzamento dal dito.

"È finita, George," disse con decisione, lasciando cadere l'anello nella sua mano. "Ho cercato di far funzionare questa cosa ma non posso più sopportare la gelosia."

In quel momento emerse Betty in camicia da notte. "Cos'è tutto questo schiamazzo così presto?" rimproverò.

"Torna dentro, vecchia strega!" sputò George velenoso.

Betty mise le mani sui fianchi. "Lascia che vada a prendere il mio mattarello così posso darti un altro occhio nero!"

Con un ghigno, George con l'anello in mano, sfrecciò via per la strada sulla sua motocicletta, lasciando una scia di fumo.

Elizabeth si sentì sorprendentemente calma, un peso sollevato dalle sue spalle. Aveva ripreso il controllo della propria vita. Betty le strinse la mano in segno di supporto.

Elizabeth proclamò: "È proprio un asino!"

"Accidenti, l'hai appena scoperto!" rispose Betty.

"Sai Elizabeth, sei il tipo di donna che non si lascia facilmente controllare."

"Grazie, Betty, ci ho messo molto tempo a capirlo!" fece l'occhiolino Elizabeth.

Raccogliendo le sue cose per il Festival del Raccolto Autunnale in centro, Elizabeth si fece forza per affrontare i pettegolezzi e i sussurri sulla rissa della notte prima e sul suo fidanzamento rotto che sicuramente sarebbero seguiti. Ma si rifiutò di sentirsi imbarazzata o vergognosa. Elizabeth e Betty si diressero in centro per aiutare a decorare per il festival. Elizabeth voleva concentrare la sua energia su qualcosa di positivo per la comunità.

Nel centro di Worthington, altri volontari erano impegnati a trasformare lo spazio in un paese delle meraviglie autunnale. Le persone stavano appendendo foglie colorate, intagliando zucche e sistemando bouquet di grano, girasoli e zucche ornamentali.

Elizabeth si mise al lavoro appendendo foglie d'acero di carta intorno al palco dei concerti e dipingendo cartelli con motivi autunnali. I compiti ripetitivi calmarono i suoi nervi logorati dopo il drammatico confronto con George quella mattina.

"Queste foglie sono proprio belle, Elizabeth," osservò Betty con approvazione. "Il tuo talento artistico sta brillando!"

Gli elogi della solitamente esigente Betty sollevarono lo spirito di Elizabeth. Trovò soddisfazione nel creare qualcosa di bello per la sua città natale, specialmente durante tempi così bui. Il centro città allegro era una testimonianza della resilienza di Worthington.

Le fu ricordato che la sua luce veniva dall'interno, indipendentemente da qualsiasi uomo o situazione. E oggi, avrebbe continuato a farla brillare luminosamente al festival del raccolto autunnale insieme ad amici e vicini. L'arrivo dell'inverno non poteva diminuire il calore dei loro legami comunitari.

Presto High Street fu chiusa per i festeggiamenti. Una folla vivace si radunò, abbracciando il calore dell'autunno nell'aria.

I bambini ridevano e giocavano a giochi come la pesca delle mele. Elizabeth sorrise guardandoli e quasi venne catturata da un ragazzo vestito da Lone Ranger che cercava di lassarla per divertimento.

"Ehi, calma cowboy!" disse, stando al gioco mentre abilmente evitava la sua corda. Il ragazzo sorrise con la sua pistola giocattolo e corse via per trovare altri bersagli.

Elizabeth vagò tra le file di bancarelle di arte e artigianato che esponevano le loro merci: intagli in legno, trapunte, marmellate fatte in casa e prodotti da forno. I profumi di cannella e sidro di mele aleggiavano nell'aria autunnale.

Sul palco principale, il cantante annunciò che il titolo della prossima canzone era "Fall Harvest Hoedown". La vivace band bluegrass iniziò a suonare un brano ritmato e coinvolgente. Il contrabbasso pizzicava un ritmo pulsante mentre un musico smilzo grattava ritmicamente sulla tavola da bucato.

Elizabeth batteva il piede a tempo con la trascinante musica di montagna mentre passeggiava tra le bancarelle. Le ricordava che a solo una o due contee di distanza iniziavano le colline degli Appalachi e la ricca cultura di quella zona.

Il suonatore di banjo eseguì un assolo twangy, le sue dita che volavano sulle corde. Il violinista cominciò a segare con entusiasmo, il fedora inclinato con aria spavalda mentre suonava.

La musica pulsava di cuore e storia, trasportando gli ascoltatori nelle valli e sui porticati degli Appalachi. Anche cittadini come l'insegnante signorina Greener si potevano vedere mentre cercavano di imparare i passi mentre i ballerini vorticavano accanto a loro gridando.

Guardando i suoi vicini che si deliziavano con le melodie popolari, Elizabeth si sentì connessa alle generazioni passate che avevano trovato gioia in umili tradizioni. La musica senza tempo era il filo che legava la comunità. Ondeggiando a ritmo, Elizabeth batteva le mani.

Vedendo i residenti di Worthington che si divertivano insieme sotto il sole del mattino, gli spiriti sembravano sollevati dalla tristezza degli eventi recenti. Vagando per il festival, Elizabeth notò la piccola Amy Collins che partecipava alla gara di sgranatura del mais. Rivolse alla bambina un sorriso incoraggiante, ma la madre di Amy lanciò a Elizabeth uno sguardo gelido che la fece affrettare.

Più avanti lungo la strada, Elizabeth intravide Samuel appoggiato al balcone del New England Inn, che batteva il piede a ritmo della musica che saliva. Il suo naso era livido dalla rissa della notte precedente.

Elizabeth si avvicinò esitante. "Come ti senti?" chiese, indicando la sua ferita.

Samuel fece una risata amareggiata. "Ho avuto giorni migliori, ma sopravviverò." La sua espressione divenne seria. "Elizabeth, sono profondamente dispiaciuto per aver lasciato che il mio temperamento prendesse il sopravvento. Spero che tu possa perdonarmi."

Vedendo la sua sincerità, la sua frustrazione residua si sciolse. "Certo, Samuel. Mettiamocelo alle spalle."

Lui si rilassò visibilmente. "Sono sollevato di sentirlo." Guardando intorno ai festeggiamenti, aggiunse "Questo è un grande festival, unisce le persone."

Elizabeth seguì il suo sguardo sui volti sorridenti che li circondavano - bambini con mele caramellate, coppie che ballavano, amici che chiacchieravano bevendo sidro.

Samuel sorrise fermamente e offrì il suo braccio mentre la banda attaccava un'altra trascinante danza di montagna. Insieme, si fermarono sui gradini della locanda. Elizabeth mise le braccia intorno alla vita di Samuel. Mentre si abbracciavano, Elizabeth fu colpita da quanto si sentisse confortata e protetta tra le braccia di Samuel. Si tirò indietro per guardarlo seriamente.

"Ho rotto il mio fidanzamento con George," confessò.

Gli occhi di Samuel si allargarono per la sorpresa. "Spero non sia stato solo a causa della rissa per colpa mia."

Elizabeth scosse la testa. "Non è stata solo la notte scorsa. Molti problemi si sono accumulati." Fece un respiro tremante. "La verità è che il mio cuore sta venendo attratto in un'altra direzione."

A queste parole, Samuel si irrigidì leggermente. "Cosa intendi?" chiese con cautela.

Elizabeth gli strinse le mani, raccogliendo il suo coraggio. "Intendo verso di te, Samuel. Tu sei il mio ragazzo. Non ho mai smesso di tenerci. Stando con te in queste ultime settimane, mi sento come se fossi tornata a casa."

Samuel rimase senza parole per un momento prima che un sorriso si diffondesse sul suo volto. "Oh, Elizabeth... provo la stessa cosa. Non avrei mai dovuto lasciarti tutti quegli anni fa."

Le accarezzò delicatamente il viso. "Se mi vuoi ancora, voglio sistemare le cose tra noi."

Gli occhi di Elizabeth si riempirono di lacrime felici. "Non c'è niente che desideri di più."

Mentre Samuel si chinava teneramente, il festival turbinava intorno a loro come foglie nel vento. Ma Elizabeth era persa nella sensazione delle sue labbra contro le sue - un bacio che sapeva di nuovi inizi.

Il cuore di Elizabeth batteva forte mentre Samuel si ritraeva dal tenero bacio. Si sentiva come se un enorme peso fosse stato sollevato ora che i suoi veri sentimenti erano stati espressi apertamente.

Stringendo affettuosamente le sue mani, disse "Devo andarmene per un po'. C'è qualcuno che devo visitare."

Samuel sembrò curioso. "Oh? Chi è?"

"Hobo Jeff," rispose Elizabeth. "È innocente in tutto questo e intendo dimostrarlo. Proverò a parlargli di nuovo per vedere se ricorda qualcos'altro di quella notte."

Samuel annuì comprensivo. "È una buona idea. Lascia che ti accompagni a casa."

Elizabeth sorrise, la gratitudine che cresceva per avere finalmente un partner così solidale. A braccetto, si fecero strada attraverso la folla festosa.

Mentre Elizabeth e Samuel si avvicinavano a casa sua, videro il postino signor McFoley che metteva delle lettere nella sua cassetta postale.

"Buon pomeriggio signorina Russo!" chiamò allegramente. "Ho una busta qui per lei, sembra che sia dalla Goodyear."

"Grazie, signor McFoley!" disse Elizabeth, affrettandosi a prendere la lettera mentre Samuel rimaneva indietro.

Vedendo il logo Goodyear, il suo polso accelerò. Questa doveva essere una risposta alla sua richiesta se gli pneumatici di cui aveva scattato foto fossero usati su veicoli specifici.

Elizabeth aprì avidamente la busta e dispiegò la lettera. Diceva:

"Gentile signorina Russo,

Grazie per aver contattato Goodyear riguardo ai nostri pneumatici Kelsey Hayes 18" x 3 5/8". Quel particolare modello è di serie per l'uso su tutti i camion per la consegna del latte fabbricati da Ford. I disegni delle tracce di pneumatici che ha fotografato nel fango e i battistrada dello pneumatico senza fango sembrano effettivamente corrispondere. La preghiamo di farci sapere se ha bisogno di altre informazioni.

Cordialmente,
John Dorsey
Goodyear Tire Company"

Elizabeth riusciva a malapena a contenere la sua eccitazione mentre mostrava la lettera a Samuel. "Questo dimostra che le tracce di pneumatici fuori dalla baracca di Hobo Jeff appartengono al camion delle consegne del lattaio Bailey!" esclamò. "È una prova concreta contro di lui."

"A cosa serve se è morto?" replicò Samuel.

"Beh, almeno sappiamo che è coinvolto nel piazzare il coltello." disse Elizabeth.

Stringendo la lettera, Elizabeth si affrettò piena di speranza e senso di rivalsa. L'oscurità stava finalmente recedendo.

Elizabeth si sentì incoraggiata dalla presenza costante di Samuel. Avrebbe aiutato a scagionare il povero Jeff, smascherare il vero assassino e bandire l'oscurità da Worthington una volta per tutte.

Mentre Samuel salutava Elizabeth, lei prese il telefono e chiamò un taxi. Richiese un passaggio al penitenziario statale dove Hobo Jeff era detenuto. Aveva programmato un incontro con lui alle 14:00 di quel pomeriggio.

Mentre il taxi arrivava, la temperatura fece un tuffo. Prima di uscire, Elizabeth prese il cappotto e mise la lettera della Goodyear nella tasca del cappotto. Mentre il tassista la portava nel centro di Columbus, nuvole grigie iniziarono a scoppiare con la pioggia.

"Beh, è l'Ohio in autunno," disse Elizabeth all'autista mentre si fermava davanti alla prigione.

Dopo essersi registrata alla reception, fu scortata nella sala visite. Presto, Jeff apparve nella sua uniforme a strisce bianche e nere, camminando a piccoli passi con i ferri alle gambe. Elizabeth fu colpita dal suo aspetto trasformato. I suoi capelli e la barba un tempo arruffati erano ora ordinatamente tagliati.

"Jeff, è così bello vederti," disse Elizabeth calorosamente mentre lui si sedeva di fronte a lei. "Hai un bell'aspetto."

Jeff annuì. "Suppongo che essere rinchiuso mi abbia costretto a sistemarmi un po'. Non ho toccato una goccia di liquore da quando mi hanno portato qui."

Si sporse in avanti ansiosamente. "Trovo molto difficile convincere la gente che sono innocente però. Lei è l'unica anima gentile che mi crede, signorina Russo. Le sono davvero grato per essere venuta."

Elizabeth gli diede una pacca rassicurante sulla mano. "So che non hai ucciso il signor Collins, Jeff. Continuerò a indagare finché il tuo nome non sarà scagionato, te lo prometto."

Elizabeth esitò, poi disse con cautela: "Jeff, l'agente Jameson mi ha detto che hai confessato di aver ucciso il signor Collins dopo che ti ho parlato la prima volta. È vero?"

Jeff abbassò lo sguardo vergognandosi. "Sì signora, ho confessato, ma solo perché quel poliziotto mi ha ingannato per farlo."

Continuò amaramente. "Jameson ha detto che se avessi semplicemente ammesso il crimine, non avrei ricevuto una condanna a morte. Ma non sono colpevole! Avevo solo paura di morire sulla sedia elettrica, così gli ho detto quello che voleva sentire."

Jeff la guardò negli occhi supplicante. "Deve credermi, signorina Russo, non ho mai toccato il signor Collins. Ma quel poliziotto continuava a farmi pressione per confessare. Non sapevo cos'altro fare."

Elizabeth era sconvolta ma non sorpresa dalle tattiche subdole di Jameson. Afferrò saldamente la mano di Jeff. "Ti credo. L'agente Jameson ha approfittato della tua vulnerabilità. Ma sistemeremo le cose, te lo prometto."

Jeff si asciugò gli occhi, sopraffatto dalla gratitudine. La determinazione di Elizabeth a svelare la verità si rafforzò. Si rifiutava di lasciare che l'innocente soffrisse per proteggere il colpevole.

"Ho il processo il mese prossimo, poco prima di Natale." Jeff continuò cupamente. "Mi dicono che probabilmente avrò l'ergastolo." Sopraffatto, lasciò cadere la testa tra le mani e iniziò a piangere.

Elizabeth si mosse immediatamente per confortarlo, dandogli delle pacche gentili sulla schiena. "Su, su, ti scagioneremo prima di allora. Te lo prometto."

Si chinò verso l'uomo sconvolto. "Abbi fede. Sei innocente e lo dimostreremo."

In quel momento, apparve una guardia severa. "Va bene, il tempo è scaduto."

Jeff si tamponò gli occhi mentre veniva portato via in catene. "Che Dio la benedica, signorina Russo." gridò voltandosi.

Elizabeth rimase seduta raccogliendo le sue emozioni prima di lasciare la tetra prigione. Ora era in una corsa contro il tempo per scagionare Jeff prima della sua condanna. Il fallimento non era un'opzione - si rifiutava di lasciare che pagasse per i peccati di un altro.

Con la verità e la giustizia dalla sua parte, avrebbe portato alla luce il vero assassino e restituito la libertà al vagabondo dal cuore gentile. Le ombre non potevano resistere a lungo al faro brillante della verità.

Mentre Elizabeth stava uscendo dalla prigione, la guardia la chiamò per andare con lui. Fu condotta in una stanza poco illuminata.

All'interno, un uomo in giacca e cravatta e con un cappello sedeva a una scrivania fumando una sigaretta. "Signorina Russo? Sono il Detective Morris dell'Unità Omicidi della Contea di Franklin," si presentò.

"Volevo scambiare due parole veloci dato che sono il capo investigatore del caso dell'omicidio Collins." Sporgendosi in avanti con interesse, chiese: "Ha qualche informazione che potrebbe aiutare la nostra indagine?"

Con il cuore che le batteva forte, Elizabeth riferì rapidamente tutto - la sua certezza dell'innocenza di Hobo Jeff, le prove contro il lattaio

Bailey, il misterioso sigaro e la riluttanza dell'agente Jameson a seguire altre piste.

Il detective Morris prendeva appunti, annuendo. "Capisco... questo è molto illuminante. Sa di qualche motivo per cui qualcuno avrebbe voluto il signor Collins morto?"

Elizabeth si torse le mani nervosamente. "Forse il Dr. Bently aveva una relazione con la signora Collins, ma non ho prove. Forse il lattaio Bailey aveva qualche conto in sospeso con la famiglia Collins. Non lo so. Quindi, cosa dovrei fare?"

Il detective si appoggiò allo schienale della sedia. "Lei continui per la sua strada, signorina, e lasci che sia io a preoccuparmi del ruolo delle forze dell'ordine. La discrezione è della massima importanza qui."

Sebbene un po' criptico, il suo tono sicuro incoraggiò Elizabeth. L'aiuto stava arrivando; doveva solo rimanere sulla strada verso la verità.

Ringraziando profusamente il detective, si affrettò a uscire, sentendosi incoraggiata. Le ombre stavano lentamente recedendo mentre i misteri venivano alla luce. Il destino di Worthington era in bilico.

Poco prima di andarsene, Elizabeth menzionò rapidamente la lettera della Goodyear che confermava i battistrada del camion del latte, così come le sue prove fotografiche.

"Ha quelle foto e lettere?" chiese il detective Morris.

"Sì, posso darvele," disse Elizabeth, tirando fuori la lettera dalla tasca del cappotto e consegnandola al detective Morris.

"Ecco la lettera della Goodyear. È stato Danny, uno studente dell'ultimo anno del liceo di Worthington, ad aiutarmi a sviluppare le foto. Non le ho qui con me," rispose Elizabeth. "Posso darvele più tardi. Posso contattarvi se avrò ulteriori informazioni?" chiese con urgenza.

"Non si preoccupi, la contatterò io discretamente se necessario. Per ora, continui semplicemente come al solito." Le fece cenno di chiudere la porta.

Ancora piena di domande, Elizabeth lasciò riluttante l'ufficio del detective. Il tassista stava aspettando fuori per riportarla a casa.

"Di ritorno a casa, signora?" le chiese.

"Sì, di nuovo a Worthington, per favore," rispose Elizabeth, sistemandosi sul sedile. Guardò la tetra prigione svanire in lontananza mentre il sole iniziava a farsi strada attraverso un'apertura nelle nuvole. Speranza e trepidazione si agitavano dentro di lei.

L'interesse del detective sembrava promettente, ma l'urgenza stava crescendo. Il tempo stava per scadere per il povero Jeff che affrontava la sentenza. E chiunque avesse ucciso il signor Collins e il lattaio Bailey era sicuramente disperato di mantenere i propri segreti sepolti.

Guardando i campi che passavano, Elizabeth si fece forza. Era troppo coinvolta per tornare indietro ora. Nascosto nell'ombra, l'assassino senza rimorsi poteva ancora essere in agguato. Ma lei avrebbe illuminato l'oscurità, a qualunque costo. La giustizia avrebbe prevalso.

Mentre il taxi sobbalzava sulla strada di campagna, Elizabeth rifletteva sulla domanda del detective Morris: Quale motivo c'era dietro l'omicidio del signor Collins? Si rese conto che indagare ulteriormente su quell'aspetto poteva essere la chiave per risolvere completamente il caso. E ciò probabilmente significava tornare sulla scena del crimine in cerca di indizi.

Il polso di Elizabeth accelerò al pensiero di tornare in quella casa, ma doveva essere fatto. Forse esaminare lo studio di Collins o i suoi effetti personali avrebbe fornito un'idea del motivo per cui qualcuno lo voleva morto.

Considerò chi potesse avere accesso per lasciarla guardare in giro. La piccola Amy era troppo giovane, e la signora Collins sembrava risentire delle intrusioni di Elizabeth finora. Rimaneva il Dr. Bentley, "l'amico di famiglia" che Elizabeth sospettava ancora di un coinvolgimento losco. Ma fare appello al suo ego come cittadina preoccupata poteva persuaderlo.

Arrivata a casa, Elizabeth si affrettò al telefono e chiamò l'ufficio del dottore non sapendo se avrebbe risposto di sabato. Fece un respiro profondo mentre la sua voce burbera rispondeva al telefono.
"Pronto?" chiese.
"Dr. Bentley? Sono Elizabeth Russo. Mi chiedevo se potessimo discutere privatamente di qualcosa riguardo al caso Collins?"
Ci fu una pausa pesante. Infine, Bentley rispose "Venga nel mio ufficio domattina presto. Non faccia tardi." La linea si interruppe.
Elizabeth rabbrividì leggermente. Sembrava di fare un patto con il diavolo. Ma si ricordò che risolvere un omicidio significava sporcarsi le mani. Domattina presto, avrebbe guardato il male dritto negli occhi.

Capitolo 10: "I Venti del Cambiamento"

La mattina seguente, Elizabeth si vestì semplicemente e si diresse all'ufficio del Dr. Bentley per incontrarlo, sentendosi al contempo piena di timore e determinazione.

All'arrivo, fu accompagnata immediatamente in una sala visite. Lo spazio era angusto e freddo, con vari diagrammi anatomici alle pareti che facevano rabbrividire Elizabeth.

Dopo qualche minuto, il Dr. Bentley entrò stringendo una cartella manila. "Ragazza ficcanaso, vero?" disse bruscamente come saluto.

Elizabeth tenne il punto. "Sono solo una cittadina preoccupata in cerca della verità."

Bentley sembrò valutarla con astuzia. Finalmente, parlò, "Se proprio devi fare l'investigatrice dilettante, la signora Collins ha bisogno di aiuto per impacchettare lo studio di Frank. Suppongo che potrei organizzare una visita supervisionata."

Il morale di Elizabeth si sollevò, ma rispose con calma "Sarebbe molto utile, grazie."

"Vieni allora. E non una parola di questo, o la tua 'visita' finisce immediatamente," ordinò. Elizabeth annuì semplicemente.

Guidarono in un silenzio teso fino alla casa dei Collins. Le sue finestre erano ora buie e tristi. All'interno, Amy sedeva giocando svogliatamente mentre sua madre smistava documenti.

Mentre il Dr. Bentley incombeva minacciosamente, Elizabeth cercava nello studio indizi rivelatori sulla vita o la morte di Frank

Collins. Le ore passarono tensamente ma senza eventi mentre esaminava silenziosamente i documenti mentre li metteva nelle scatole.

Proprio mentre stavano finendo, Elizabeth notò una fotografia incorniciata di Collins e Bentley, sorridenti insieme con un prezioso trofeo di caccia. Le si gelò il sangue.

Dopo, Bentley la avvertì di nuovo di smettere di immischiarsi o affrontare le conseguenze. Ma l'immagine rimase impressa nella mente di Elizabeth. In cosa erano invischiati quei due uomini? Si stava avvicinando a trovare il vero assassino. Lo sentiva.

Mentre la metà di novembre scendeva su Worthington, le foglie brillanti arancioni e marroni stavano finalmente lasciando la presa sugli alberi. Elizabeth si teneva occupata rastrellando i mucchi sparsi dal vento dal suo cortile anteriore, solo per vederli dispersi di nuovo dalle raffiche di vento.

Betty uscì per controllarla, coperta contro il freddo. "Mio Dio, sembra che tu stia combattendo una battaglia persa con questi venti impetuosi," gridò.

Elizabeth sorrise con rammarico, spazzando via le foglie volanti dalla sua sciarpa rossa. "È un compito senza fine, ma mi tiene occupata."

Vedendo la stanchezza della sua amica, Betty le strinse la spalla. "È stata una stagione difficile, ma tempi migliori stanno arrivando. Tieni alto il morale."

Con l'aiuto di Betty, riuscirono finalmente a sistemare le foglie in un qualche ordine. Elizabeth si fermò a osservare il loro lavoro, con le foglie che le correvano ancora davanti ai piedi.

"Hai ragione Betty, non posso controllare i venti," rifletté. "Ma posso prepararmi e fare del mio meglio finché non passano."

Betty annuì.

A braccetto, entrarono in casa di Betty per bere del sidro caldo vicino al fuoco. Elizabeth si sentì riscaldata, sapendo che non doveva affrontare le tempeste da sola. Con amici fedeli e fede, avrebbe superato le stagioni tempestose senza esitazioni.

Mentre sorseggiavano il sidro, Betty si affaccendava, mormorando "Ora dove ho messo quella ricetta della Jell-O? Devo assolutamente trovarla prima delle feste!"

Mentre il sole tramontava, Elizabeth guardava le fiamme, una foto sul camino attirò la sua attenzione - il defunto marito di Betty, Harold. Betty seguì il suo sguardo e ridacchiò.

"Ah sì, il mio caro Harold. Suppongo che dovrei presentartelo correttamente." Sollevò un'urna ornata sulla mensola del camino che era accanto alla foto. "Le ceneri di Harold sono qui dentro. Un giorno spero di fare una cerimonia spargendo le sue ceneri nel ruscello di pesca in Inghilterra dove pescava da ragazzo."

Elizabeth sbatté le palpebre sorpresa ma cercò di non mostrarlo. "Che... bel tributo a Harold," riuscì a dire.

Betty raggiò. "Era un uomo meraviglioso - gentile, paziente, sempre pronto per le avventure." Si asciugò gli occhi. "Suppongo che sia per questo che sto ancora cercando di risolvere misteri anche alla mia età. Mantiene vivo quello spirito di avventura."

"Non ho mai conosciuto Harold," disse Elizabeth. "Ero sempre occupata con la vita e la scuola. Vorrei aver preso il tempo per conoscerlo meglio. In effetti, prima di tutta questa tragedia, non conoscevo bene neanche te."

"Su, su, è così che va la vita a volte. Tutti hanno fretta di fare questo o quello. Le tragedie possono avvicinare le persone ed è quello che ha fatto per noi due," rispose Betty.

Vedendo la scintilla indomabile di Betty nonostante la perdita, Elizabeth si sentì umiliata. Se la sua amica poteva affrontare l'oscurità con coraggio e allegria, poteva farlo anche lei. Avrebbero attraversato le tempeste insieme.

"Parlando di misteri, ho riflettuto sui possibili motivi dietro l'omicidio Collins," disse Elizabeth. "Ma sono bloccata su teorie solide."

Betty posò il suo tè con decisione. "Beh, non è mai troppo tardi per cercare altri indizi!"

Vedendo l'esitazione di Elizabeth, agitò una mano. "Oh sciocchezze, non è così tardi! Perché non andiamo a casa dei Collins stasera e diamo un'occhiata discreta?"

"Non so Betty... Inoltre, sono stata lì oggi e non ho trovato nulla," esitò Elizabeth.

Ma Betty stava già prendendo il suo cappotto e cappello. "Su, è già buio. Prendi la tua macchina fotografica e il blocknotes. Non c'è tempo migliore del presente!"

Incapace di frenare l'entusiasmo della sua vicina, Elizabeth prese riluttante le sue cose. Mise della nuova pellicola nella vecchia macchina fotografica di suo padre e incontrò Betty fuori. Poi si affrettarono lungo la strada silenziosa verso la casa dei Collins.

"Faremo solo una rapida ispezione dei locali e ce ne andremo," sussurrò Betty in modo cospirativo.

La casa era immobile e cupa nel crepuscolo incombente. Il polso di Elizabeth accelerò mentre scrutavano nelle finestre buie, cercando segni di vita.

Avvicinandosi al vialetto sul lato della casa oscurata dei Collins, Elizabeth e Betty si avvicinarono furtivamente al loro bidone della spazzatura, sperando di trovare indizi. Rimuovendo il coperchio, Elizabeth guardò dentro il bidone vuoto.

Betty illuminò con la sua torcia l'interno del bidone. "Aha, c'è un pezzo di carta attaccato al lato!" esclamò.

In quel momento, si sentì un rumore dal cortile sul retro. Spaventata, Elizabeth afferrò rapidamente la carta e la mise in tasca.

Lei e Betty si tuffarono dietro un cespuglio vicino proprio mentre si accendeva una luce del portico. Accovacciate, guardarono una figura oscura emergere per investigare, con i cuori che battevano forte.

Dopo quello che sembrò un'eternità, la porta si chiuse di nuovo e la casa tornò buia. Le donne rimasero rannicchiate in un silenzio teso per diversi minuti ancora per essere sicure.

Finalmente, Betty sussurrò, "Penso che la zona sia libera." Con cautela emersero dai cespugli.

La mano di Elizabeth tremava leggermente mentre spiegazzava il documento scartato recuperato dalla spazzatura. Nella luce fioca, riuscirono a distinguere quello che sembrava un promemoria di assegno strappato.

"Pensi che questo possa essere una prova importante?" chiese Betty a bassa voce. Elizabeth annuì con fermezza. "Lo scoprirò. In un modo o nell'altro, andrò in fondo a questo mistero."

Stringendo la carta come un'ancora di salvezza, sapeva che i rischi ora importavano poco. Avrebbe svelato i segreti sinistri che avevano afflitto Worthington, non importa quali pericoli l'attendessero.

Una luce si accese improvvisamente in una finestra al piano superiore. Voci soffocate che stavano litigando uscivano dal vetro aperto.

Betty afferrò eccitata il braccio di Elizabeth. "Presto, avviciniamoci per origliare!"

Si intrufolarono nel cortile sul retro dove un grande albero si ergeva vicino alla finestra illuminata. "Arrampicati e vedi se riesci a sentire chi sta litigando," esortò Betty.

Elizabeth esitò. "Quell'albero è troppo alto. Non potrei mai arrampicarmici."

Ma Betty era irremovibile. "Sciocchezze, ti darò una spinta. Ora, metti il piede sulle mie mani e ti solleverò fino a quel ramo più basso."

"Ma Betty, non voglio che ti faccia male," protestò Elizabeth.

Betty sbuffò "Male? Posso avere 60 anni ma sono agile come una giovane gallina! Ora salta su, stiamo perdendo tempo."

Riluttante, Elizabeth permise a Betty di issarla sui rami più bassi dell'albero. Col cuore che batteva forte, si arrampicò lentamente più in alto mentre Betty faceva la guardia sotto.

Raggiungendo un ramo robusto vicino alla finestra, Elizabeth si stabilizzò e ascoltò attentamente le voci litigiose all'interno. Riusciva appena a distinguere un uomo e una donna...

Sbirciando attraverso la finestra, Elizabeth non poteva credere ai suoi occhi. C'era la signora Collins scarsamente vestita che indossava una specie di bustier rosso in pizzo con il Dr. Bentley a torso nudo davanti a lei.

"Beh, non sono loro una bella coppia felice," sussurrò Elizabeth a se stessa con ironia. Si spostò più in alto sull'albero, cercando di cogliere la loro accesa discussione.

"Te lo dico io, è troppo rischioso tentare altro adesso," stava dicendo Bentley con tono agitato.

La signora Collins incrociò le braccia arrabbiata. "Avevi detto che te ne saresti occupato tu! Per quanto tempo dobbiamo continuare a vivere nella paura?"

Bentley le afferrò le spalle. "Abbi solo pazienza ancora un po'. Ho lavorato troppo duramente per lasciare che tutto si sgretoli ora."

Elizabeth si sforzò di sentire di più, ma si allontanarono dalla finestra. Aveva sentito abbastanza. Stavano cospirando qualcosa di sinistro.

Accovacciata precariamente sul ramo dell'albero, Elizabeth si sforzò di sentire di più della discussione attraverso la finestra aperta.

"È tutta colpa tua!" strillò la signora Collins, puntando il dito contro il Dr. Bentley. "Avremmo potuto essere su una spiaggia in California se il tuo piano con quel maledetto lattaio non fosse andato in fumo!"

Bentley bevve un sorso da una bottiglia di scotch. "Beh scusami tanto, ma non è colpa mia se la compagnia di assicurazioni sta trascinando i piedi sul pagamento dell'assicurazione sulla vita di tuo marito di 50.000 dollari!"

Gli occhi di Elizabeth si spalancarono. Una polizza di assicurazione sulla vita di 50.000 dollari? Quello sembrava certamente un movente per l'omicidio. Si affrettò a scarabocchiare appunti al chiaro di luna mentre il ramo dell'albero oscillava sotto di lei.

Proprio in quel momento una forte raffica si alzò, quasi facendo cadere Elizabeth dall'albero. Si aggrappò strettamente al tronco, col cuore che sobbalzava mentre l'appunto incompiuto svolazzava nel buio sottostante.

Dall'interno venne il suono di vetri rotti e nuove grida. "Questo è un casino; devi sistemarlo, Edgar!" gridò stridulamente la signora Collins.

Edgar... quindi quello era il nome di battesimo del Dr. Bentley, realizzò Elizabeth. Altre informazioni utili. Memorizzò tutto quello che poteva.

Il vento si placò, permettendo a Elizabeth di sussurrare velocemente, mentre era aggrappata al ramo, i dettagli bomba a Betty che aspettava cautamente sotto.

"Questo prova che è tutto una questione di soldi," sussurrò. Gli occhi di Betty brillarono. "Li abbiamo in pugno ora! Dobbiamo andare immediatamente dal Detective Morris."

Elizabeth annuì con fermezza. I pezzi stavano andando al loro posto. Con la luce del mattino, il loro piano nell'ombra sarebbe stato finalmente esposto.

Elizabeth ascoltò attentamente mentre il Dr. Bentley cercava di rassicurare la signora Collins.

"Non preoccuparti, avrai presto i soldi dell'assicurazione, e io riscuoterò le mie vincite al poker da Jameson," le disse. "Finché mi deve soldi dal gioco, posso tenerlo sotto controllo."

In quel momento, il suono di una bambina che piangeva venne dall'altra stanza. "Ugh, perché quella ragazza è ancora sveglia? Ho già messo Amy a letto." La signora Collins si acciglio.

Mentre se ne andava furiosa, Elizabeth realizzò che questa poteva essere la sua unica occasione per fotografarli insieme. Stabilizzò la sua macchina fotografica proprio mentre una raffica di vento si alzò.

Il flash lampeggiò luminoso, illuminando il cortile. Sorpresa, Elizabeth perse l'equilibrio e cadde dall'albero con un tonfo.

"Oof!" grugnì quando colpì il terreno. Betty accorse e urgentemente la aiutò ad alzarsi. In quel momento, sentirono la signora Collins urlare "Chi c'è là fuori?!"

Con l'adrenalina che pompava, le donne scattarono via proprio mentre la luce del portico si accendeva. Non smisero di correre finché non furono al sicuro a casa di Betty, con i cuori che battevano selvaggiamente.

"Pensi... che... ci abbia visto?" ansimò Elizabeth.

Betty scosse la testa. "Non credo. Ma è stata una bella stretta!" Si girò verso Elizabeth eccitata. "Dimmi, hai fatto la foto?"

Con cautela, Elizabeth tirò fuori la macchina fotografica. "Penso di sì," disse. Elizabeth e Betty si affrettarono a casa. Elizabeth posò la macchina fotografica sul tavolo della cucina e sperò di sviluppare presto il rullino.

La mattina seguente a scuola, Elizabeth notò che il banco della piccola Amy Collins era vuoto. Uscì nel corridoio per chiedere al preside se avesse avuto notizie dalla signora Collins sull'assenza di Amy.

"No, non ha chiamato oggi," disse lui, sembrando preoccupato.

Un'ora dopo durante le lezioni, il preside bussò con urgenza e disse che la signora Collins era al telefono e insisteva per parlare subito con Elizabeth.

Elizabeth corse al telefono dell'ufficio, con il polso accelerato. "Signora Collins? Va tutto bene?" chiese ansiosamente.

"È Amy, è sparita!" gridò istericamente la signora Collins. "Non era nella sua stanza questa mattina. Ho cercato ovunque!"

Elizabeth strinse forte il telefono. "Stia calma, arrivo subito," disse con la sua voce più rassicurante da insegnante.

"Preside Gentry, può per favore coprire la mia classe? Amy Collins è scomparsa!" chiese Elizabeth senza fiato.

"Certo, Elizabeth," rispose lui.

Prese il cappotto e la borsa. Il preside le gridò dietro, "Tienimi informato!" Lei uscì di corsa dalla porta senza una parola, concentrata nel raggiungere la casa dei Collins.

Era successo qualcosa di terribile ad Amy? Era ferita, o peggio? Elizabeth si rifiutava di pensare al peggio per ora. Amy adorava la scuola. Non sarebbe scappata via così, a meno che non fosse spaventata.

Elizabeth accelerò il passo, pregando che trovassero la bambina sana e salva. Pensò al confronto della notte scorsa. Amy aveva sentito qualcosa di sinistro? Deglutendo a fatica, Elizabeth si affrettò.

Quando Elizabeth arrivò a casa Collins, una signora Collins sconvolta la affrontò con rabbia. "Hai detto ad Amy di andare da qualche parte?" domandò. "Quella ragazza sembra ascoltarti!"

Elizabeth alzò le mani. "No, non ho parlato con lei. Non ho idea di dove possa essere."

La signora Collins le sbatté la porta in faccia. Elizabeth cercò nelle strade del quartiere qualsiasi segno di Amy ma non trovò nulla. Sempre più preoccupata minuto dopo minuto, andò a vedere se Betty aveva notato qualcosa di strano.

Betty era sul suo portico, agitando la mano. "A casa per un pranzo veloce, cara?"

"No Betty, Amy Collins è scomparsa!" gridò Elizabeth senza fiato. "Non si è mai presentata a scuola oggi."

Betty afferrò il braccio di Elizabeth, impallidendo. "Buon Dio. Povera bambina, chissà in che guai potrebbe mettersi da sola."

Pensando velocemente, Betty prese un cappotto. "Tu continua a perlustrare il quartiere. Io radunerò una squadra di ricerca. Setacceremo ogni angolo di Worthington se necessario!"

Elizabeth sentì un'ondata di gratitudine per Betty che prendeva il comando. Con l'aiuto della sua amica, sicuramente avrebbero presto localizzato la bambina vulnerabile illesa. Si rifiutava di considerare alternative più oscure.

Dovevano trovare Amy prima che lo facesse qualcuno con intenti sinistri. Elizabeth ricordò l'accesa discussione che Amy potrebbe aver sentito la notte scorsa. Quali segreti aveva scoperto la bambina? Scacciando il terrore, Elizabeth si affrettò alla ricerca di risposte.

Dopo non aver trovato traccia di Amy nel quartiere, Elizabeth si diresse a casa a prendere la macchina fotografica di suo padre nel caso avessero bisogno di prove. Ma avvicinandosi alla porta sul retro, sussultò. Il vetro era in frantumi e la porta era socchiusa!

Facendo segni frenetici a Betty, entrarono cautamente in casa. Elizabeth vide che la sua macchina fotografica era sparita dal tavolo della cucina dove l'aveva lasciata.

Avventurandosi più all'interno, i cassetti erano stati aperti e i vestiti erano sparsi per la sua camera da letto messa a soqquadro. Il cuore di Elizabeth sprofondò realizzando che era stata derubata.

"Oh cara, che violazione," mormorò Betty, esaminando il disordine. "Anche se questo suggerisce che sei sulla pista giusta nello scoprire la verità."

Elizabeth annuì cupamente. Era certa che questa fosse una ritorsione per lo spionaggio della notte scorsa. Ma le minacce personali importavano poco ora. Trovare Amy era tutto ciò che le interessava.

"La macchina fotografica dovrà aspettare. Dobbiamo continuare a cercare quella bambina," disse risolutamente, prendendo il cappotto e richiudendo la porta danneggiata.

Betty le strinse la mano in segno di supporto. "Hai ragione. Con un po' di fortuna, altri si saranno uniti alle ricerche ormai."

Affrettandosi in centro, Elizabeth vide con sollievo che era vero. Un piccolo gruppo di vicini perlustrava le strade chiamando il nome di Amy. Non si sarebbe riposata finché la bambina non fosse stata al sicuro.

La ricerca si protrasse mentre il breve giorno autunnale si oscurava. Ma Elizabeth si rifiutava di perdere la speranza. Avrebbero illuminato la strada attraverso le ombre di Worthington e riportato Amy a casa.

Capitolo 11: "La Politica della Verità"

Mentre calava il crepuscolo senza traccia di Amy, la mente di Elizabeth correva a pensare a indizi sul luogo dove potesse essere la bambina. All'improvviso, ricordò qualcosa che Amy aveva menzionato dopo aver provato il suo costume di Halloween.

"A volte mi piace giocare al Mago di Oz vicino al fiume nel bosco," aveva detto felicemente la bambina una volta.

Fuori dalle loro case, Elizabeth sussultò e si girò verso Betty. "Penso di sapere dove potrebbe essere. Il fiume Olentangy! Prendi la tua torcia!" Betty annuì eccitata. "Lo farò. Sbrighiamoci!"

Elizabeth corse in casa dove chiamò velocemente Samuel, aggiornandolo in fretta. Presto lui arrivò con l'auto di suo zio.

"Sali, andiamo al fiume!" gridò Elizabeth. Samuel premette sull'acceleratore mentre partivano.

Samuel guidò l'auto verso ovest passando davanti alla scuola superiore su Granville Road. Poi accostò. I tre camminarono verso il fiume. Avvicinandosi, Betty scrutò il bosco oscurato con la sua torcia. "Là, vicino a quella grande quercia. Ferma!" esclamò Elizabeth.

Scrutando nell'oscurità, individuò una piccola figura con un vestito blu. La figura aveva le braccia avvolte intorno a un albero con l'acqua impetuosa del fiume Olentangy che le scorreva intorno. Con il cuore che le balzava, Elizabeth saltò fuori e corse verso di lei. "Amy!"

"Signorina Russo!" gridò Amy.

Amy alzò lo sguardo, spaventata ma illesa. C'era solo un piccolo pezzo di terra sotto di lei che le impediva di essere inghiottita dal fiume.
"Prenderò la corda dalla macchina!" disse Samuel.
Presto tornò con la corda. Fece un cappio con la corda come un lazo. Proprio come un cowboy, Samuel lanciò la corda alla piccola Amy.
Facendo segno di mettere il cappio della corda intorno alla vita, Amy lo afferrò.
"Legala intorno alla vita, tesoro!" gridò Samuel.
"E se la lasci andare?" chiese Amy impaurita.
"Non lo farò tesoro. Legala stretta!" disse Samuel con sicurezza.
Amy riuscì a mettersi la corda intorno alla vita proprio mentre l'acqua impetuosa del fiume la fece cadere dal pezzo di terra.
Con tutto il loro sforzo, Elizabeth e Samuel tirarono la bambina a riva con Betty che illuminava tutto il percorso con la sua torcia.
Samuel prese la bambina tra le braccia. Togliendo la corda, Amy era bagnata e tossiva, ma stava bene.
Elizabeth la strinse in un forte abbraccio. "Sei al sicuro ora, tesoro, va tutto bene."
Con Samuel che portava Amy verso la macchina e la avvolgeva in una bella coperta calda, incontrò i sorrisi sollevati di Elizabeth e Betty. La ricerca era finita, concludendosi con gioia. L'oscurità non aveva prevalso quella notte.
Scrutando nell'oscurità, individuò una piccola figura con un vestito blu. La figura aveva le braccia avvolte intorno a un albero con l'acqua impetuosa del fiume Olentangy che le scorreva intorno. Con il cuore che le balzava, Elizabeth saltò fuori e corse verso di lei. "Amy!"
"Signorina Russo!" gridò Amy.
Amy alzò lo sguardo, spaventata ma illesa. C'era solo un piccolo pezzo di terra sotto di lei che le impediva di essere inghiottita dal fiume.
"Prenderò la corda dalla macchina!" disse Samuel.
Presto tornò con la corda. Fece un cappio con la corda come un lazo. Proprio come un cowboy, Samuel lanciò la corda alla piccola Amy.

Facendo segno di mettere il cappio della corda intorno alla vita, Amy lo afferrò.

"Legala intorno alla vita, tesoro!" gridò Samuel.

"E se la lasci andare?" chiese Amy impaurita.

"Non lo farò tesoro. Legala stretta!" disse Samuel con sicurezza.

Amy riuscì a mettersi la corda intorno alla vita proprio mentre l'acqua impetuosa del fiume la fece cadere dal pezzo di terra.

Con tutto il loro sforzo, Elizabeth e Samuel tirarono la bambina a riva con Betty che illuminava tutto il percorso con la sua torcia.

Samuel prese la bambina tra le braccia. Togliendo la corda, Amy era bagnata e tossiva, ma stava bene.

Elizabeth la strinse in un forte abbraccio. "Sei al sicuro ora, tesoro, va tutto bene."

Con Samuel che portava Amy verso la macchina e la avvolgeva in una bella coperta calda, incontrò i sorrisi sollevati di Elizabeth e Betty. La ricerca era finita, concludendosi con gioia. L'oscurità non aveva prevalso quella notte.

In macchina, Elizabeth chiese gentilmente ad Amy, "Perché sei venuta qui fuori, tesoro?"

Amy tirò su col naso tra le lacrime bagnate. "Mamma e il Dr. Bentley stavano litigando terribilmente ieri notte. Pensavo che forse il Mago di Oz vivesse in questi boschi e forse avrebbe potuto sistemare le cose."

Elizabeth le accarezzò i capelli per confortarla. "Va tutto bene ora, sei al sicuro." Avvolse la coperta intorno alla bambina tremante.

Presto arrivarono a casa di Amy. Quando emerse stanca ma illesa, la signora Collins uscì di corsa dalla porta.

"Dove sei stata? Potevi morire congelata!" gridò, afferrando le spalle di Amy.

"Mi dispiace, mamma," mormorò Amy, a testa bassa. La signora Collins strinse forte sua figlia, con il sollievo che le si dipingeva sul volto.

Samuel strinse la mano di Elizabeth prima di andarsene in auto. Guardando Amy riunirsi con sua madre, Elizabeth fu piena di gratitudine. La lunga notte era finita bene per la piccola. Le augurò la buonanotte e tornò stancamente a casa con Betty. Sebbene rimanessero delle domande, almeno l'innocenza aveva prevalso quella notte. Le nubi temporalesche si stavano dissipando su Worthington.

Tornando a casa, Elizabeth fu affranta nel trovare che tutte le prove che aveva raccolto - il sigaro, la lettera Goodyear, le foto - erano state rubate durante l'effrazione. Si sentiva senza speranza di fare progressi ora.

Proprio quando stava per scoppiare in lacrime, Elizabeth sentì qualcosa nella sua tasca. Tirandolo fuori, si rese conto che era il piccolo taccuino che usava per scrivere appunti sul caso. Sfogliandolo, il pezzo di carta preso dalla spazzatura dei Collins cadde fuori.

Raccogliendolo, Elizabeth esaminò attentamente il documento. Era un assegno annullato intestato a Jacob Bailey per 500 dollari per "servizi resi", e firmato dal Dr. Edgar Bentley.

Gli occhi di Elizabeth si spalancarono. Questo doveva essere il pagamento al lattaio Bailey per il suo ruolo nel loro piano contorto. Una prova vitale dopo tutto!

Una nuova determinazione attraversò Elizabeth. L'effrazione era stata una mossa disperata e sciocca dei colpevoli. Non si rendevano conto che lei possedeva ancora questo indizio compromettente.

Correndo nella casa accanto, Elizabeth irruppe da Betty e senza fiato la mise al corrente. Gli occhi di Betty brillarono. "Beh, non sono così furbi come pensavano!" Diede una pacca sulla mano di Elizabeth. "Questo è l'inizio della fine!"

Elizabeth annuì con fermezza, stringendo il prezioso pezzo di carta. La luce della verità si stava dimostrando impossibile da spegnere.

Mentre novembre avanzava, arrivò il giorno dell'invito a cena del Ringraziamento di Elizabeth e Betty a casa dello zio Howard di Samuel. Si vestirono bene e presero un taxi.

"Oh, accidenti, sto ancora cercando quella ricetta della Jell-O per fare il mio famoso dessert," borbottò Betty.

Quando arrivarono, Samuel, lo zio Howard e sua moglie Rosemary, accolsero le due. Betty insistette per aiutare Rosemary a preparare il ripieno. Ma si distrasse chiacchierando e lo lasciò bruciare completamente nel forno.

Seguì il caos con il fumo che si diffondeva attraverso la cucina mentre Howard e Betty cercavano freneticamente di far uscire il disastro.

"Santo cielo, Betty, l'hai incenerito!" esclamò Howard sgomento.

"Oh, sciocchezze! Chiaramente non sono una dea domestica," ammise Betty timidamente.

Elizabeth cercò di non ridere del disastro. Samuel le fece l'occhiolino scherzosamente. "Non preoccuparti, metteremo insieme un banchetto comunque," assicurò a Howard.

Nonostante l'inizio difficile, riuscirono a mettere insieme una deliziosa cena con il tacchino e tutti i contorni. Preparando il sostanzioso pasto, gli spiriti erano allegri e calorosi. Elizabeth guardò felicemente la sua famiglia improvvisata, sentendosi profondamente grata.

Durante un momento privato, Samuel chiese a Elizabeth come stava procedendo la sua investigazione. Lei condivise sconsolata che molte delle sue prove erano state rubate durante l'effrazione.

"Mi sento pronta ad arrendermi," ammise. Ma Samuel la abbracciò rassicurandola.

"Non perderti d'animo," la esortò. "Sei così vicina a risolvere questo caso."

Rafforzata dal suo incoraggiamento, Elizabeth decise di continuare a perseguire la verità. Presto si riunirono nella sala da pranzo con Howard, Rosemary e Betty per il banchetto.

La tavola praticamente gemeva sotto la quantità di cibo - un tacchino arrosto dorato, saporito ripieno alla salvia, casseruola di patate dolci, casseruola di fagiolini coperta con croccanti cipolle fritte, biscotti soffici con marmellata fatta in casa, e abbondante salsa di mirtilli rossi e sugo.

Mentre passavano i piatti intorno al tavolo da pranzo, Betty si rivolse a Samuel. "Allora, come sta andando il tuo apprendistato nel business delle assicurazioni con tuo zio?"

"Molto bene," rispose Samuel dopo aver inghiottito un boccone di tacchino e sugo. "Imparare i segreti delle polizze di assicurazione sulla vita e dei reclami è stato affascinante."

Lanciò uno sguardo significativo a Elizabeth. Lei capì che questa competenza poteva essere utile per svelare il mistero della polizza di assicurazione sulla vita del signor Collins. Nuove possibilità brillarono nella sua mente.

Il pasto trascorse piacevolmente, pieno di calore, risate e buona compagnia. Nonostante le ombre persistenti su Worthington, questo incontro accese una luce. Elizabeth lo custodì, acquisendo forza per la battaglia che l'attendeva.

Durante una pausa nella conversazione, Betty osservò "Sai, dovrei davvero aggiornare la mia polizza di assicurazione sulla vita, Howard. Che tipo di copertura aveva il signor Collins?"

Howard si pulì la bocca delicatamente. "Beh Betty, non posso rivelare dettagli specifici sulla polizza di un altro cliente. Ma sarei felice di valutare le tue esigenze e trovare un piano adatto."

Betty congiunse le mani con entusiasmo. "Sarebbe fantastico! Elizabeth, cara, domani non hai scuola. Perché non vieni con me così possiamo vedere Samuel in azione in ufficio?"

"Ne sarei felice," rispose Elizabeth, incrociando lo sguardo di Samuel attraverso il tavolo. Questa potrebbe essere l'occasione perfetta per ottenere informazioni sulla misteriosa polizza di Collins.

"Eccellente, venite domani mattina e ci prenderemo cura di voi," dichiarò Howard.

Elizabeth sorrise ma dentro sentì una fitta di colpa per aver in qualche modo ingannato Howard. Ma rivelare tutta la verità era ancora troppo rischioso. Per ora, ottenere una comprensione più profonda della polizza di assicurazione sulla vita poteva rivelarsi fondamentale.

Dopo cena, la moglie di Howard sparecchiò la tavola per il tè e il dessert. Ma Samuel prese prima la mano di Elizabeth e la portò vicino al camino nel soggiorno. Una melodia romantica suonava dolcemente alla radio.

Samuel strinse Elizabeth a sé e iniziò a dondolare lentamente a ritmo della musica. Mentre ballavano, la guardò teneramente.

"Quando lasciai Worthington tutti quegli anni fa, non sapevo se ti avrei mai rivista," mormorò. "Avere questa seconda possibilità con te ora... significa tutto."

Il cuore di Elizabeth si gonfiò e appoggiò la testa sulla sua spalla. "Provo lo stesso," sussurrò. "Come se il destino ci avesse fatto rincontrare."

Chiuse gli occhi contentamente mentre continuavano a girare davanti al camino tremolante. Il mondo esterno scivolò via, ed erano solo loro due nuovamente connessi.

Dopo un beato interludio, Samuel le sollevò il mento e la baciò dolcemente ma con passione. Elizabeth si sciolse nell'abbraccio, mentre il resto della stanza svaniva.

Mentre indugiavano vicino al camino, il programma radio passò alla storia di come FDR quest'anno aveva ufficialmente spostato il Ringraziamento indietro di una settimana, rendendolo il terzo giovedì di novembre invece del quarto. Sperava che questo avrebbe aiutato a stimolare l'economia con la stagione dello shopping natalizio più lunga.

"Nello spirito della gratitudine, quest'anno ringrazio per te, Elizabeth," disse Samuel teneramente, stringendola a sé.

Le guance di Elizabeth si arrossarono felicemente. "E io sono così grata di averti di nuovo nella mia vita, Samuel."

Lui sorrise e le sfiorò la guancia con il pollice. Alla radio, la voce di FDR risuonava orgogliosamente proclamando il Ringraziamento come un giorno per celebrare la comunità e le benedizioni.

Elizabeth guardò Samuel, riflettendo su quanto apprezzasse questo inaspettato dono di una seconda possibilità insieme. Nonostante tutti i problemi di Worthington, questo tempo con lui era la luce che la guidava attraverso l'oscurità.

Samuel si chinò per un ultimo dolce bacio prima che si unissero agli altri. Mano nella mano, camminarono verso la sala da pranzo, con i cuori traboccanti d'amore e gratitudine. Con le pance piene e gli spiriti sollevati, presto augurarono la buonanotte ai loro ospiti. Tornata a casa, una nuova energia attraversò Elizabeth. Le ombre non l'avevano ancora sconfitta. Con Samuel che illuminava la strada, avrebbe scoperto la verità e fatto giustizia, non importa quali fossero gli ostacoli.

La mattina seguente, Elizabeth e Betty arrivarono all'ufficio assicurativo di Howard. Sua moglie, Rosemary, che lavorava anche come segretaria di Howard, diede loro il benvenuto. Mentre Rosemary parlava con Howard nella stanza sul retro, Betty consegnò furtivamente a Elizabeth una piccola macchina fotografica.

"Terrò Howard occupato. Tu sgattaiola sul retro e fotografa il file della polizza del signor Collins," sussurrò in modo cospiratorio.

Betty poi si avvicinò a Howard, tempestandolo ad alta voce di domande sui tassi e le opzioni di copertura dell'assicurazione sulla vita. Mentre erano assorti nella conversazione, Elizabeth scivolò inosservata lungo il corridoio.

Il suo polso batteva forte mentre rapidamente esaminava le etichette della sala archivi. Trovando un cassetto contrassegnato

"Clienti C-D", lo aprì e sfogliò finché non trovò la cartella di Frank Collins.

Con le mani tremanti, aprì la cartella e scattò rapidamente foto che documentavano la polizza da 50.000 dollari e la signora Collins come beneficiaria principale.

Mentre Elizabeth era chinata a fotografare furtivamente il file Collins, sentì improvvisamente dei passi avvicinarsi nel corridoio. Si immobilizzò, con il cuore che sussultava.

Un momento dopo, Samuel apparve sulla porta, fermandosi di colpo quando la vide.

"Elizabeth? Cosa stai facendo qui dietro?" chiese.

In preda al panico, balbettò rapidamente "Oh! Stavo solo, uhm, cercando il bagno delle signore e mi sono persa." Si infilò discretamente la macchina fotografica in tasca.

Samuel alzò un sopracciglio. "Capisco. Beh, il bagno è davanti, non nella sala archivi."

La studiò attentamente in viso. Elizabeth cercò di apparire innocente.

Infine, Samuel disse gentilmente "Non farò altre domande. Ma stai attenta, ok?" Si girò per andarsene poi guardò indietro. "Confido che tu abbia una buona ragione per i rischi che stai correndo."

Le spalle di Elizabeth si rilassarono per il sollievo. "Grazie, Samuel. E ce l'ho, te lo prometto."

Lui annuì prima di uscire. Elizabeth esalò tremante, grata per la sua fiducia nonostante la circostanza sospetta. Si affrettò a finire e a raggiungere Betty, con le prove ora al sicuro. Elizabeth tornò furtivamente davanti proprio mentre Betty stava concludendo.

Mentre Elizabeth si riuniva a loro, Betty disse a Howard, "Beh, mi hai dato molto su cui riflettere riguardo alle opzioni della polizza. Ci penserò su e ti farò sapere."

"Eccellente, fammi sapere se sorgono altre domande," rispose Howard giovialmente, stringendo loro le mani.

Betty ed Elizabeth salutarono Samuel e suo zio per il momento. Fuori dall'ufficio, Betty si girò verso di lei con impazienza. "Allora, hai avuto successo?"

Elizabeth sorrise e le mostrò discretamente la macchina fotografica. "Ho preso tutto quello che ci serve."

"Meraviglioso!" esclamò Betty. Intrecciò il suo braccio con quello di Elizabeth mentre si allontanavano. "Ora stiamo andando da qualche parte. Sapevo che saremmo state una bella squadra investigativa."

Elizabeth rise, con lo spirito sollevato. Con le prove incriminanti al sicuro, la fine era in vista. L'oscurità che aveva afflitto Worthington non era rivale per due donne determinate in cerca di giustizia.

Capitolo 12: "La Sfera di Cristallo di Natale"

Dicembre era arrivato a Worthington, con aria fredda e nevicate che preannunciavano giorni più nevosi. Con l'avvicinarsi delle vacanze natalizie, gli studenti di Elizabeth diventavano irrequieti per l'eccitazione delle feste. Non poteva biasimarli. Anche a lei un riposo sembrava benvenuto.

In questo gelido pomeriggio di sabato, stava sorseggiando tè Earl Grey da Betty quando il telefono squillò. Betty rispose, la sua voce che si alzava per l'esaltazione mentre parlava.

Finalmente riattaccando, esclamò, "Santo cielo!" Girandosi verso Elizabeth continuò, "Era Mary Joe, la bibliotecaria. Hanno trovato la mia ricetta della Jell-O nascosta nel Nuovo Libro delle Sorprese Jell-O che avevo preso in prestito! La scheda della ricetta mi aspetta in biblioteca."

Betty congiunse le mani gioiosamente. "Ora posso fare la mia famosa ricetta Jell-O per il ritrovo di Natale dopotutto. Che sollievo!"

Elizabeth sorrise, sapendo quanto la sua amica fosse stata tormentata per la ricetta mancante. "Sono così contenta che l'abbiano trovata per te, Betty. La tua festa sarà un successo ora con il tuo dessert distintivo."

"Benedetto il personale della biblioteca per aver trovato il tempo di trovarla," rispose Betty con gratitudine. Si affrettò a prendere cappotto e cappello. "Andiamo là subito a prenderla prima che passi altro tempo!"

Divertita dall'urgenza della sua vicina, Elizabeth concordò prontamente che valeva la pena sfidare il freddo di dicembre.

[La traduzione continua automaticamente con il resto del testo...]

Mentre Elizabeth e Betty camminavano verso la biblioteca, passarono dal Village Green dove la gente stava appendendo le luci sul grande albero di Natale e assemblando il presepe. Presto avrebbero aggiunto gli animali vivi intorno al tableau del presepe prima dell'annuale accensione dell'albero.

Arrivando alla biblioteca, Mary Joe aspettava con un sorriso. "Ho quella scheda della ricetta mancante pronta per te, Betty!"

Betty si affrettò e prese la scheda eccitata. "Oh, Dio ti benedica, cara, la cercavo da mesi. La mia famosa ricetta Jell-O è di nuovo nel menu!"

"Siamo così contenti di averla potuta trovare per te," rispose Mary Joe. "Era nascosta nel libro della Jell-O che avevi preso in prestito."

"Beh, grazie al Signore per le bibliotecarie diligenti!" dichiarò Betty. "Ora posso fare il mio dessert per il ritrovo di Natale dopotutto."

Elizabeth godeva nel vedere quanto la sua vicina fosse felice di aver recuperato la preziosa ricetta in tempo per le feste. Lasciando la biblioteca, il profumo di pino fresco arrivava dal Village Green dove più cantori si erano radunati per decorare l'albero.

Le ricette, le decorazioni e i canti erano tutti gioiosi presagi dello spirito natalizio che si avvicinava. Con la ritrovata scheda della ricetta in mano, Betty ed Elizabeth camminarono verso casa praticamente canticchiando una melodia allegra sottovoce.

Il giorno dopo, Elizabeth stava passando un tranquillo pomeriggio domenicale a casa quando un bussare frenetico la spaventò. Aprì la porta a una Betty in preda al panico.

"I giapponesi! Hanno bombardato le Hawaii!" gridò Betty senza fiato. "È su tutte le radio, vieni presto!"

Allarmate, corsero a casa di Betty proprio mentre un annunciatore del notiziario descriveva come la flotta della Marina USA a Pearl Harbor era stata decimata dai bombardieri giapponesi, con solo poche navi che erano sfuggite alla distruzione.

Mentre i terrificanti rapporti continuavano, arrivò un altro bussare affrettato. Era Samuel, che era corso non appena aveva sentito.

"Come state reggendo, signore?" chiese con profonda preoccupazione, abbracciando un'Elizabeth scossa.

"Siamo completamente sotto shock," rispose Elizabeth. "Solo questa mattina, tutto sembrava calmo. Ora, la guerra ci ha raggiunto."

"Il mondo non sarà mai più lo stesso," disse Samuel.

L'oscurità e il conflitto avevano inghiottito anche la loro nazione. Elizabeth strinse forte la mano di Samuel, impaurita, ma risoluta. Sarebbero rimasti uniti per combattere la tirannia, non importa quali giorni tumultuosi li attendessero.

Mentre calava la notte, il futuro di Worthington sembrava così tenue. Ma Elizabeth trovò coraggio sapendo che non era sola. A braccetto, lei e Samuel augurarono la buonanotte a Betty, la loro solidarietà rafforzava i loro spiriti. Qualunque cosa avesse portato il domani, l'avrebbero affrontata insieme.

Sentendo il bisogno di compagnia dopo le devastanti notizie, Elizabeth invitò Samuel, non volendo essere sola in una giornata così dolorosa.

Mentre il crepuscolo calava prima con il recente cambio dell'ora legale, preparò una semplice cena di pollo che mangiarono quietamente, con il peso degli eventi pesante sulle loro menti.

Dopo aver riordinato, Samuel offrì "Ecco, lascia che ti accenda un fuoco." Impilò ordinatamente la legna nel camino mentre Elizabeth versava bicchieri di vino rosso dolce. I fiocchi di neve iniziarono a cadere fuori mentre lei abbassava le tende.

Accendendo la radio, furono accolti da altri aggiornamenti agghiaccianti da Pearl Harbor. Elizabeth cambiò rapidamente stazione dalle notizie finché le dolci note di una canzone chiamata "Ohio Snowfall" si sentirono suonare alla radio.

"Oh, questa canzone è nuova," osservò Samuel mentre si sistemava sul divano accanto a lei, affascinante nel suo maglione. Elizabeth gli passò un bicchiere di vino e assaporò un sorso, confortata dalla sua presenza.

Mentre la musica melodiosa riempiva lo spazio, la tensione della giornata si dissipò leggermente. Rannicchiata accanto a Samuel guardando il fuoco tremolante, gli orrori che si stavano svolgendo oltre i confini di Worthington sembravano temporaneamente tenuti a bada.

Oggi la loro nazione era stata attaccata, ma stanotte trovavano riposo nella scena tranquilla - la neve che cadeva, il fuoco che scoppiettava, la musica che volteggiava dolcemente. Non importava cosa li attendesse, l'avrebbero affrontato braccio a braccio.

Rannicchiati insieme mentre la neve cadeva dolcemente fuori, Elizabeth guardò Samuel e disse "Hai riportato il mio mondo in vita da quando sei tornato."

Samuel le accarezzò il viso, incontrando i suoi occhi. "E tu hai risvegliato la vita in me, Elizabeth."

Sorseggiarono il loro vino lentamente prima che Samuel si chinasse, baciandola profondamente mentre tutto il resto svaniva per un momento beato. Si tennero stretti sul divano con Samuel che tirava su una calda coperta su di loro. Alla fine, si addormentarono vicino al fuoco mentre la neve continuava a cadere dolcemente.

La mattina, Elizabeth si svegliò alla sveglia accanto al suo letto, Samuel se n'era già andato. Doveva averla portata nel suo letto a un certo punto della notte.

Preparandosi per la scuola, Elizabeth osservò gli alberi sereni coperti di neve fuori. Ma in classe, i bambini erano pieni di domande sull'attacco. La piccola Amy sembrava particolarmente abbattuta. "Cosa succede ora?" chiese tristemente.

"Non lo so tesoro, non lo so," rispose Elizabeth con la testa china.

A pranzo, gli insegnanti si riunirono per ascoltare il discorso di Roosevelt alla nazione. Le sue parole infuocate resero chiaro che la guerra era imminente. Il cuore di Elizabeth sprofondò, realizzando che Samuel aveva ragione - il mondo non sarebbe mai più stato lo stesso.

Lasciando la scuola dopo le lezioni, si fermò alla bacheca dove erano stati affissi avvisi sul razionamento e preparativi per i raid aerei. Worthington, come il resto dell'America, era pronta per la battaglia.

Elizabeth sospirò, il suo respiro una nuvola evanescente. Giorni oscuri li attendevano. Ma la calma ammantata di neve le ricordava che la luce e la speranza perduravano se solo si sapeva dove cercarle.

Il venerdì sera, Elizabeth, Betty e Samuel si unirono agli abitanti del villaggio sul Village Green coperto di neve per la cerimonia annuale di accensione dell'albero.

Per la prima volta in anni, il terreno era imbiancato, conferendo un'aria ancora più magica. Mentre il sindaco Henderson stava sul palco pronto ad accendere l'albero di Natale, la folla contava con entusiasmo.

Al segnale, l'albero si illuminò gloriosamente, suscitando applausi e acclamazioni. Nelle vicinanze, il presepe vivente presentava pecore e un asino raccolti intorno alla mangiatoia come in una cartolina di Natale.

Mosso dallo spirito, qualcuno iniziò a cantare "O Little Town of Bethlehem" con voce chiara. Presto tutti si unirono gioiosamente, le voci che si alzavano insieme sotto il cielo stellato.

Dopo, si divisero in gruppi più piccoli per cantare di porta in porta lungo le pittoresche case che circondavano il verde. I canti natalizi e la generosità di spirito contrastavano nettamente con lo spettro della guerra.

A braccetto con Samuel, condividendo uno scialle, Elizabeth sentì il suo cuore gonfiarsi. Nonostante l'oscurità che incombeva, questa scena luminosa era la prova che la luce e la speranza perduravano.

Le strade intrepide di Worthington risuonavano di melodia e cameratismo. Anche nei momenti difficili, i loro legami rimanevano intatti. Questa verità semplice ma profonda sollevò immensamente lo spirito di Elizabeth.

Il lunedì, Elizabeth lasciò la scuola presto. Lei e Betty presero un taxi per andare al grande magazzino Lazarus nel centro di Columbus per comprare un nuovo vestito. Elizabeth sentiva di aver bisogno di qualcosa da indossare dato che lei e Samuel si erano offerti volontari per fare da chaperon al ballo della scuola superiore, appropriatamente chiamato "Il Ballo di Cristallo di Natale".

Mentre entravano nel grande emporio, Betty osservò "Sai che è stato il signor Lazarus a convincere FDR a spostare il Ringraziamento al terzo giovedì di novembre. Dà alla gente più tempo per preparare gli acquisti natalizi!"

Elizabeth ammirò le elaborate decorazioni natalizie che adornavano il negozio - ghirlande, festoni, nastri e fiocchi ovunque. Il pezzo forte era la Terra di Babbo Natale, un villaggio natalizio in miniatura con trenini modello, bambole, elfi e bastoncini di zucchero che circondavano un raggiante Babbo Natale in carne ed ossa.

Le signore si diressero verso il reparto abbigliamento donna. Betty si fermò e provò un cappellino nero fascinatore che adorava solo per dire che era troppo costoso. Elizabeth guardò i vestiti e decise di provare alcuni stili luccicanti e festosi. Infine, Elizabeth uscì dal camerino con un vestito che fece sussultare Betty.

Era un abito in raso rosso con maniche a sbuffo, stretto in vita poi svasato in una gonna ampia. Lo scollo a cuore e i bottoni sfaccettati correvano lungo la schiena.

Elizabeth raggiava, facendo una piccola giravolta. "Mi sento come una regina di Natale con questo!" Betty concordò di cuore che era perfetto per il ballo.

Mentre Elizabeth si ammirava negli specchi, immaginava di ballare tra le braccia di Samuel, con il vestito che le volteggiava intorno. L'immagine la riempì di calore e gioia.

Dopo aver acquistato scarpe e una stola di pelliccia coordinata, uscirono cariche di pacchetti, Elizabeth eccitata dall'anticipazione della magica serata che le attendeva.

Quel venerdì Elizabeth e Samuel arrivarono al ballo a tema Ballo di Cristallo di Natale alla scuola superiore. Elizabeth guardò nella palestra dove la band degli studenti stava accordando gli strumenti. I genitori erano in piedi sulle sedie appendendo decorazioni natalizie intorno alle pareti. Alcuni genitori avevano preso una scala e erano riusciti ad appendere un lampadario di cristallo al soffitto e lo avevano assicurato con una corda al muro.

Samuel era elegante nel suo completo nero e sciarpa rossa e verde. "Sei incantevole in quel vestito festoso," disse.

"E tu hai un aspetto molto affascinante," sorrise Elizabeth. Gli prese il cappotto così lui poté offrirle il braccio per accompagnarla dentro.

Servirono bicchieri di punch, l'aroma fruttato che riportava ricordi. "Proprio come ai vecchi tempi," osservò Samuel nostalgicamente.

Elizabeth si girò per vedere la signora Collins che le si avvicinava.

"Pensavo fossi con quel George," disse in modo tagliente a Elizabeth.

"Signora Collins, che bella sorpresa! Come ha fatto a sapere che la scuola aveva bisogno di chaperon per il ballo?"

"Le notizie viaggiano veloci, Elizabeth, al Salone di Bellezza Lady Alice. Quasi veloce quanto tu cambi uomini," rispose la signora Collins.

Elizabeth sorrise sarcasticamente.

Improvvisamente la band iniziò a suonare una melodia allegra. "Oh bene, stanno iniziando! Meglio tornare, ci scusi, signora Collins," disse Elizabeth. Quando tornarono in palestra, le luci principali erano state spente e luci bianche erano puntate verso il lampadario creando un effetto scintillante di fiocchi di neve sulla pista da ballo.

"È come se fosse un paese delle meraviglie invernale qui dentro," disse Samuel sorridendo.

Gli studenti ondeggiavano felici al ritmo della musica allegra della big band. Elizabeth teneva d'occhio gli studenti esuberanti. Danny salutò eccitato mentre passava ballando il foxtrot con la sua accompagnatrice.

"Dov'è la tua macchina fotografica, Danny?" Elizabeth rise scherzosamente.

"Non si preoccupi signorina Russo, ho la mia macchina fotografica proprio lì." Indicò una borsa sulle gradinate. "Un fotografo è sempre preparato," la rassicurò Danny. La sua accompagnatrice sorrise indulgente.

Guardando gli adolescenti volteggiare per la palestra, Elizabeth fu trasportata a tempi più semplici. La musica natalizia incantevole e l'abbraccio familiare di Samuel le riempirono il cuore fino all'orlo. Per una notte, tutte le preoccupazioni si sciolsero sotto le luci scintillanti.

Verso la fine della serata, mentre il ballo proseguiva, la band degli studenti improvvisamente iniziò a suonare un foxtrot allegro e familiare - "Non Far Rattristare il tuo Papà."

"Ricordi questa canzone?" chiese Samuel eccitato. "Dai nostri balli scolastici!" Prima che potesse protestare, trascinò Elizabeth sulla pista da ballo.

All'inizio timida, Elizabeth presto si perse nei passi vivaci proprio come ai vecchi tempi. Gli studenti battevano le mani a ritmo, chiaramente impressionati dai movimenti fluidi di Samuel e dal vestito ondeggiante di Elizabeth. Gli studenti presto si fecero da parte e formarono un cerchio intorno ai due.

Quando le ultime note risuonarono, tutta la palestra eruppe in applausi per la loro esibizione. Arrossendo ma esaltata, Elizabeth fece un inchino giocoso mano nella mano con un raggiante Samuel.

Improvvisamente, Samuel guardò dritto in alto e gridò, "Attenta!" spingendo Elizabeth di lato.

Il lampadario di cristallo precipitò frantumandosi in pezzi affilati e irregolari sul pavimento della palestra. Una ragazza urlò per l'orrore. Schegge di cristallo riempirono la palestra ma nessuno rimase ferito.

"Potevamo essere uccisi!" disse Elizabeth, guardando negli occhi marroni spalancati di Samuel.

Elizabeth poi guardò di lato per vedere la signora Collins che si allontanava velocemente da dove la corda era stata attaccata a una carrucola che reggeva il lampadario al soffitto. Ora sembrava che la corda fosse logorata e fosse stata intenzionalmente tagliata.

"La signora Collins l'ha fatto!" disse Elizabeth arrabbiata a Samuel mentre indicava la donna che usciva frettolosamente dalla palestra.

"L'hai vista farlo?" chiese Samuel.

"No, ma so che è stata lei," disse Elizabeth, ancora turbata.

"Guarda, stiamo bene Lizzy e nessuno degli studenti si è fatto male. Se non l'hai vista manomettere la corda allora non abbiamo prove concrete," disse Samuel prendendole la mano. "È ora di concludere la serata comunque, tesoro."

Samuel ed Elizabeth augurarono la buonanotte a tutti e aiutarono a pulire il pavimento. Mentre gli ultimi studenti e genitori sciocati uscivano, c'era la signora Collins che li aspettava fuori.

"Le cose andavano alla grande finché non sono precipitate," sogghignò la signora Collins.

"L'ha fatto apposta, signora Collins!" gridò Elizabeth.

"Su, su Lizzy, torniamo a casa," disse Samuel mentre apriva la portiera e faceva cenno a Elizabeth di entrare in macchina. Elizabeth entrò arrabbiata nel sedile del passeggero.

Samuel accompagnò Elizabeth a casa in silenzio. Scese per aprirle la portiera sotto il freddo chiaro di luna invernale. "Allora, ci vediamo domani sera alla festa di Natale di Betty?" chiese speranzoso.

Elizabeth, ancora arrabbiata "Sì, almeno lì non devo preoccuparmi che mi cada un lampadario addosso," disse con un sorriso sarcastico.

Samuel sorrise e disse, "No, devi solo fare attenzione alla Jell-O."

I due risero. Mentre si avvicinava a lei, si chinò, tenendole la mano. Sussurrò, "Sai Elizabeth, so che gli ultimi mesi sono stati duri per te ma sembra anche magico che ci siamo ritrovati."

Elizabeth sentì un'attrazione magnetica verso di lui. Sussurrò di rimando, "Dobbiamo credere che siamo magici."

La baciò dolcemente, i due abbracciando il momento magico, desiderando che non finisse mai.

Elizabeth scese dalla macchina. Salutando con la mano, e considerando che la maggior parte della serata era stata un ballo meraviglioso, praticamente fluttuò su per i gradini d'ingresso. La serata era stata magica - un'occasione per lasciarsi andare e ricatturare la loro gioia giovanile, anche se il lampadario potrebbe essere stato lasciato andare troppo. Si ritirò per la notte lasciando andare ogni rabbia, reminiscendo della serata con il suo ragazzo speciale.

Capitolo 13: "Una Festa Natalizia nella Torre"

Non appena la scuola finì, Elizabeth corse a casa. Le vacanze natalizie sarebbero iniziate il pomeriggio seguente. Elizabeth arrivò da Betty per aiutarla a preparare la festa di Natale, anche se sarebbero stati solo loro tre.

"Mamma mia, questo è un banchetto!" osservò Elizabeth, guardando i piatti traboccanti di tacchino, casseruole e naturalmente, il famoso dessert di Jell-O di Betty.

"Sciocchezze, voi due siete i miei amici più cari, praticamente famiglia. Meritate un banchetto festivo!" ribatté Betty.

Elizabeth sorrise. "Beh, dato che siamo solo noi, voglio che tu apra il tuo regalo ora." Consegnò a Betty una scatola ben incartata.

Scartandola con entusiasmo, Betty sussultò quando vide il cappellino fascinatore nero di Lazarus che aveva ammirato. "Come hai fatto a prenderlo di nascosto senza che me ne accorgessi?" esclamò.

"Ho fatto andare Samuel a prenderlo per me," ammise Elizabeth. "Sapevo che dovevi averlo."

Betty le diede un forte abbraccio. "Tu cara ragazza!" Elizabeth era felice di vedere Betty così contenta.

Si stava facendo buio e presto arrivò Samuel. "Scusate il ritardo signore, la neve sta davvero aumentando là fuori," disse, battendo la neve fangosa dai suoi stivali. "Dicono che avremo condizioni di tormenta."

"Beh, entra in fretta dove fa caldo!" esclamò Betty. Il vento ululava fuori come per enfatizzare il suo punto.

Una volta che Samuel si fu tolto i suoi indumenti coperti di neve, si sistemarono nel salotto dove un fuoco scoppiettava allegramente contro la tempesta che si stava preparando fuori.

"Mamma mia, Betty, che abbondante banchetto, e adoro quel bel cappello." disse Samuel, ammirando il lavoro che Betty aveva messo nel festino.

"Grazie, Samuel. Elizabeth mi ha regalato questo cappello. Lo adoro!" rispose Betty.

Mentre la neve cadeva, la vera gioia era nella loro calda compagnia in questa serata speciale. Guardando intorno al tavolo, il cuore di Elizabeth traboccava di gratitudine. Questo era il vero dono della stagione.

Samuel chiese, "Allora qual è il segreto dietro questo famoso dessert di Jell-O, Betty? Sembra una torta al limone chiffon."

"Oh, è abbastanza semplice in realtà," spiegò. "Si chiama Budino Paradiso. Ho preso la ricetta dal People's Home Journal. È Jell-O al limone, mandorle, marshmallow, amaretti e panna montata. Poi metto ciliegie al maraschino sopra!"

"Sembra così magico e delizioso!" disse Elizabeth.

Tagliando il Budino Paradiso, i cui strati brillavano festosamente, Betty versò lo zabaione. "Un brindisi agli amici!" proclamò, alzando il bicchiere.

"Agli amici," Elizabeth e Samuel fecero eco, facendo tintinnare i loro bicchieri. Nulla poteva rovinare questa scena accogliente piena di amore, risate e la dolcezza del dessert di Betty. La tormenta sembrava solo rendere il loro cameratismo più intimo.

Dopo aver ammirato il suo nuovo cappello, Betty chiamò, "Venite ora, mangiamo prima che il cibo si raffreddi."

Proprio allora un forte colpo li fece sobbalzare.

"Chi potrebbe essere con questo tempo?" chiese Betty.

Samuel aprì la porta, ma era solo il vento che ululava fuori mentre la tormenta infuriava.

"Mamma mia, che spavento!" disse Betty. "Pensavo per un momento fossero i cantori di Natale in questo caos."

"Dev'essere stato solo il vento," disse Samuel, guardando fuori la cascata di neve.

Ma poi una figura scura si lanciò dal lato della porta, facendo cadere Samuel. Era il Dr. Bentley, con gli occhi selvaggi, che stringeva un coltello.

"Buon Natale!" gridò maniacalmente, immobilizzando Samuel e alzando la lama.

Pensando velocemente, Betty afferrò l'urna contenente le ceneri del suo defunto marito sulla mensola del camino, corse verso il Dr. Bentley, e gliela ruppe in testa. "Prendi questo, malvagio!"

"Ahi! Maledetti tutti voi!" gridò il Dr. Bentley ora coperto di cenere.

Con la porta d'ingresso ancora aperta, Bentley barcollò per il colpo. Samuel calciò il coltello caduto sulla neve fuori. "Elizabeth, la padella!" urlò.

Elizabeth rovesciò i fagiolini dalla padella sul pavimento. Poi la lanciò a Samuel. Mentre Bentley si lanciava di nuovo verso il coltello, Samuel alzò la padella per bloccarlo. Afferrando l'arma, Bentley si girò e fuggì nella notte nevosa.

"Inseguiamolo!" gridò Samuel. Betty prese un'altra padella e la lanciò a Elizabeth.

"Chiamerò aiuto!" disse Betty.

"Grazie, Betty!" gridò Elizabeth mentre partiva di corsa su New England Avenue mentre Samuel inseguiva Bentley.

La neve soffiava in fogli accecanti mentre lottavano per tenere in vista la figura scura. Passando una festa allegra alla casa inclinata Snow House di fronte al New England Inn, Samuel urlò, "Chiamate la polizia!" mentre un passante si dirigeva verso la casa.

Elizabeth scivolava cercando di stare al passo mentre le impronte degli uomini svanivano rapidamente davanti. Spingendosi avanti contro il vento pungente, trovò Bentley che correva sul marciapiede, ancora col coltello in mano. Samuel gli correva incontro, con la padella ancora alzata cautamente.

"È finita, Bentley!" ansimò. "Basta scappare." Il dottore si limitò a gemere e continuò a correre.

Mentre il Dr. Bentley fuggiva nella tormenta, Samuel lo vide correre oltre il New England Inn e attraversare High Street, quasi venendo investito da un'auto di passaggio. I clienti dell'inn uscirono fuori ansimando per lo shock.

"Chiamate la polizia!" gridò Samuel mentre lui ed Elizabeth partivano all'inseguimento, lei che agitava selvaggiamente la padella. Ripeterono la richiesta agli spettatori storditi.

L'inseguimento continuò su High Street, zigzagando tra i pedoni spaventati. Il Dr. Bentley, con il coltello in mano, sfrecciò oltre il Salone Lady Alice, con Jane che usciva fuori scioccata.

"Che succede?" gridò Jane mentre Elizabeth urlava "Chiama la polizia!" senza rallentare.

Al negozio Red and White, John uscì a vedere il trambusto. Mostrò uno sguardo di shock mentre la bizzarra scena passava velocemente. "Chiama aiuto, John!" implorò Elizabeth senza fiato agitando la padella nelle sue mani.

Poteva vedere Bentley che si dirigeva verso la torre dell'acqua ora. "Sta andando verso la torre!" gridò a Samuel. I suoi polmoni bruciavano per l'aria gelida.

Raggiungendo l'ombra della torre, scoprirono il Dr. Bentley che cercava di scalare i pioli. Ma era riuscito a salire solo in parte sulla scala ghiacciata.

"Basta, Bentley!" ordinò Samuel. "Non c'è più posto dove scappare. Arrenditi!"

Elizabeth rabbrividì, ricordando lo sguardo selvaggio negli occhi di Bentley.

"Non potevamo rischiare di scoprire le nostre carte finché non avevamo prove solide," confermò Morris.

"Beh, sono solo felice che sia tutto finito," disse Samuel, mettendo un braccio intorno a Elizabeth.

Morris annuì. "Grazie a lei, signorina Russo, la verità è finalmente venuta alla luce. Worthington le deve un debito di gratitudine."

Elizabeth aveva sentimenti contrastanti di sollievo e shock persistente. "Sembra che ci fossero ancora più strati in questo mistero di quanto pensassimo," rifletté.

Elizabeth chiese ansiosamente, "Jeff è stato rilasciato allora?"

"Non ancora, ma sto andando lì ora, non appena il giudice firma. Vuole unirsi a me per informarlo?"

Elizabeth accettò prontamente. Il preside Gentry prese felicemente la sua classe, salutandola incoraggiante.

In prigione, la guardia condusse Elizabeth e il detective in una piccola stanza. Minuti dopo, un Jeff sconcertato fu fatto entrare.

Sopraffatta dall'emozione, Elizabeth gridò "Sei libero, Jeff! È finita. La signora Collins ha confessato tutto."

L'incredulità, poi l'esaltazione attraversò il viso appena rasato e segnato di Jeff. Si girò verso il detective che gli consegnò i moduli di scarcerazione. "È scagionato da tutte le accuse, signore. Le nostre scuse per gli errori," disse il detective Morris.

Jeff strinse vigorosamente la mano dell'uomo prima di abbracciare una gioiosa Elizabeth. Mentre camminavano fuori, lei immaginò il suo futuro ora pieno di possibilità e luce.

Il detective Morris riportò Elizabeth e Jeff a Worthington, fuori dalla sua umile baracca vicino al deposito ferroviario. "Non so come ripagare la sua gentilezza, signora," disse Jeff umilmente.

Elizabeth sorrise. "Beh, ti sei ripulito bene. Forse potresti aiutarti a trovare un lavoro più stabile - al negozio Red and White."

Jeff si toccò il cappello consumato. "Dio la benedica, signorina Russo. Mi ha ridato la vita."

Mentre continuavano nel villaggio, i signori si toglievano il cappello a Elizabeth in segno di ringraziamento. "Sanno che è stata lei ad aiutare a scoprire la verità," disse il detective Morris.

Elizabeth arrossì solamente, non abituata a tale riconoscimento. Lasciandola e salutando il detective, entrò nella sua casa tranquilla, aspettando con ansia un po' di pace.

Worthington stava guarendo, emergendo dall'oscurità. Non avevano lasciato che il male prevalesse sul bene. Anche se le ombre inevitabilmente arrivavano, l'amore brillava ancora più luminoso contro quel contrasto. Stanotte, tutto era calmo, tutto era luminoso.

Presto arrivò il Natale a Worthington. Quel giorno, Elizabeth si stava rilassando a casa quando il telefono squillò. Era sua madre che chiamava da Cincinnati per augurarle Buon Natale e chiacchierare del suo calendario sociale pieno.

Elizabeth sorrise indulgente, anche se dentro desiderava una vita più semplice. Dopo aver rifiutato l'invito di sua madre alla festa di Capodanno, bussarono alla porta. Era Samuel con un mazzo di fiori.

"Buon Natale, mia cara!" sorrise raggiante, battendo la neve dai suoi stivali prima di entrare. Elizabeth lo accolse, semplicemente contenta della sua compagnia.

Presto seguì un altro colpo. Un uomo in completo scuro era lì. Disse, "Buongiorno signora, mi chiamo Lance Hawkins. Sono l'avvocato della signora Collins. Voleva che avesse questo," consegnando a Elizabeth una lettera.

Elizabeth sussultò mentre leggeva la richiesta della signora Collins di prendersi cura della piccola Amy poiché non aveva altra famiglia rimasta. Prima che potesse rispondere, Amy stessa balzò su per i gradini.

"Mamma ha detto che posso vivere con te!" gridò gioiosamente, abbracciando Elizabeth con il suo orsacchiotto sotto un braccio.

Elizabeth si girò verso Samuel scioccata. Ma lui sorrise solo calorosamente. "Beh, perché non la fai entrare? È Natale dopotutto."

Mentre Amy entrava, scosse allegramente una palla di neve sul tavolo della cucina. Elizabeth si sentì profondamente commossa e sopraffatta dalla improvvisa responsabilità.

Vedendo la sua espressione, Samuel le strinse la mano in modo supportivo. "Lo capiremo insieme," disse. Elizabeth esalò, sapendo che con lui al suo fianco, poteva affrontare qualsiasi sfida.

Anche se la vita era tutt'altro che sistemata, in questo giorno di Natale, l'amore e la speranza erano stati rinnovati. Il futuro sembrava luminoso mentre i due guardavano Amy giocare felicemente vicino al fuoco, finalmente al riparo e in pace.

Dopotutto, non c'era più amore sottostante, ora era emerso in superficie in piena mostra.

Fine

Don't miss out!

Visit the website below and you can sign up to receive emails whenever Bradley Barkhurst publishes a new book. There's no charge and no obligation.

https://books2read.com/r/B-A-MWKJB-BETFF

BOOKS 2 READ

Connecting independent readers to independent writers.

Did you love *Amore Sottostante Un Mistero di Worthington, Ohio*? Then you should read *Underlying Love A Worthington, Ohio Mystery*[1] by Bradley Barkhurst!

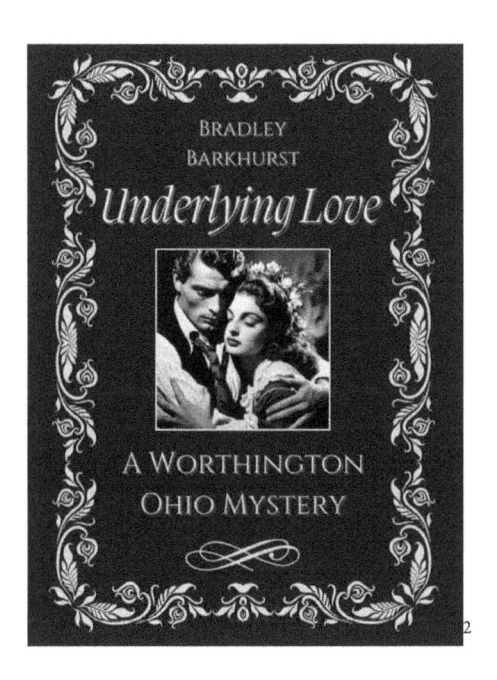

It's 1941 in the quaint Village of Worthington, Ohio. Life is changing at the end of the Great Depression. Elizabeth Russo, 23, teaches elementary school but feels uncertain about her future. Her Sicilian immigrant father ran The Red and White, a popular village general store.

Five years prior, Elizabeth's high school sweetheart, Samuel, left the village abruptly, leaving her with unanswered questions. Now engaged to George, The Red and White's accountant, Elizabeth still can't forget Samuel.

---

1. https://books2read.com/u/3nyZA9

2. https://books2read.com/u/3nyZA9

When her father tragically passes away, Elizabeth and her mother are forced to manage the store. Her mother's departure to care for a sick relative in Cincinnati leaves Elizabeth alone. Upon her return, she hears a scream and sees a figure fleeing. The village banker, Mr. Collins, is found murdered, with suspicion falling on a local hobo.

Elizabeth and her quirky neighbor, Betty Whimsfeld, investigate the murder. As they uncover village secrets, Elizabeth struggles with her feelings for George and Samuel.

Will Elizabeth solve the murder mystery? Will she choose her stable engagement or risk rekindling an old flame? In <u>Underlying Love A Worthington, Ohio Mystery</u>, answers await beneath the surface.

(This book was written with AI assistance.)

Also by Bradley Barkhurst

Amore Sottostante
Amore Sottostante Un Mistero di Worthington, Ohio
Amore Sottostante Un Mistero di Worthington, Ohio

The AI Handbook
The AI Handbook: A Practical Guide for Non-Experts

Underlying Love
Underlying Love A Worthington, Ohio Mystery

Standalone
Behringer PRO-800 Synthesizer Power: A Comprehensive User Guide and Reference Manual

About the Author

Bradley Barkhurst è cresciuto a Worthington, Ohio, USA e si è diplomato alla Thomas Worthington High School nel 1995. Si è laureato all'Università di Cincinnati con una laurea in Media Elettronici. Dopo la laurea, ha lavorato come produttore televisivo a Cincinnati, Ohio. Dal 2006, lavora nella forensica digitale specializzandosi in forensica audio/video. Nel 2020, ha ottenuto un Master in Investigazione Digitale e Informatica Forense dall'University College di Dublino, Irlanda. Nel 2023, ha seguito un corso su IA e business al MIT. Questo libro è nato dal desiderio di Bradley di creare un prodotto utilizzando l'IA.

    Read more at underlyinglove.com.